雪城小玲，陳思進 著

黑道、FBI，搶奪高科技成果的貪婪嘴臉逐漸浮現；

父母……原來這一切的背後，藏著不可見人的勾當……

TRANSCENDING SPACE-TIME

超時空拯救

目錄

目錄

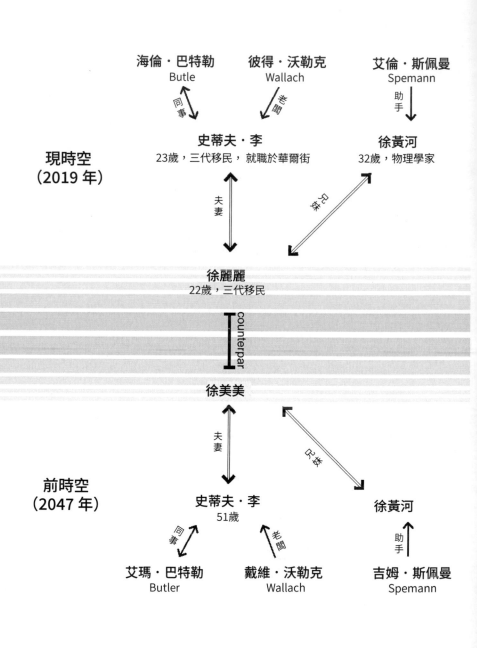

楔子

美國，紐約曼哈頓第 23 街的「烙鐵大廈」，在巨大的地下室內，保密研究機構「平行時空科學研究所」，正進行著一項實驗測試。

量子物理學家徐黃河，屏住呼吸，緊張地站在智慧檢測程式旁。他的助手、生物工程專家埃倫·斯佩曼，面對巨大透明螢幕，抑制不住激動的心情興奮地說道：「徐，你看，人影出現啦……」

埃倫所指的「人影」，是空間的入口被接通後，來自另一個時空的回應。只見螢幕上一個人的身影時隱時現，就像沖洗膠片似的，漸漸地清晰起來。

待徐黃河仔細看時，此人眼睛細長，鼻梁高挑挺拔，嘴唇圓潤，就像是自己老了以後的模樣，尤其鼻尖左側的一顆黑痣，跟自己的特徵非常相似。他驚訝得嘴巴微張，情不自禁地自我介紹：「Hello，你好！我叫徐黃河。我是『平行時空科學研究所』的科學家，研究量子物理時空超越。請問，你是……」

螢幕上的「人影」沒有回答。

徐黃河緊張地等待著，眼睛一眨不眨地盯著螢幕，等待對方回應他。

埃倫忍不住了，朝著螢幕再一次呼叫：「喂，喂，你能聽見嗎？」

「我聽見了。徐黃河。我也姓徐，我叫徐長江。我跟你一樣，研究的也是量子物理時空跨越。」

徐黃河一聽。莫非，他就是我在不同時空的「Counterpart」（另一時空之中的對應人，即另一個時空中的「我」）？

想到此，徐黃河靈光一閃，急切地問道：「徐長江，我這裡是 2019 年 12 月 22 日，現在是早上 11 點 10 分 05 秒，你那裡是 ── 」

「我這裡是 2047 年 12 月 22 日，現在是早上 11 點 10 分 08 秒。」徐長江回答。

徐黃河聽了一怔。他看了一眼身旁的埃倫，眼裡透出無以名狀的欣喜和興奮。他們在實驗室窩了 10 年，反覆進行了無數的試驗，眼下終於有了重大轉機：宇宙確實同時存在多個時空，至少在地球上並存著兩個時空，除了他們這個時空以外，還存在一個「前時空」。

這樣看來，徐長江生活的「前時空」，比他當下的時空整整早了 28 年，兩個時空同時運行著。他越想越興奮，著急地想要進一步驗證自己的猜想：徐長江真會是「另一個時空」中對應的自己嗎？

徐黃河開始敘說自己的故事：「我 18 歲的時候，父母因為車禍去世了。我妹妹比我小 10 歲，我們兄妹倆相依為命 ── 」

沒想到，徐黃河這才開了個頭，便被徐長江的話給打斷了：「唉，我也是。我父母也是因為車禍去世的……」

　　徐黃河急著想要印證自己的疑惑，帶著驚喜的語氣說道：「我妹妹徐麗麗今年22歲，她剛好大學畢業，在電視臺上班。」說罷，便等待著徐長江的回應。

　　然而，螢幕那邊卻沉默著。

　　原來在28年前，徐長江的妹妹徐美美也是大學剛畢業，便去電視臺上班，因為意外事故而身亡。那年，她正好22歲。

　　所以徐長江聽了徐黃河的話，心下暗想：「如果徐黃河是另一個對應的自己，那麼他妹妹也會發生同樣的意外。」不過，他僅遲疑了片刻，便急忙說道：「徐黃河，請你仔細看著我。我的鼻子左側跟你一樣，也有一顆痣。我敢斷定，你就是那個對應的我。你比我小28歲。你聽著，我的小妹徐美美去世了，那天是12月24日夜晚11點07分。」

　　徐長江的話音剛落，徐黃河頓時一怔，面色轉喜為憂，他為妹妹的安危擔憂起來。他心裡清楚，卻不願承認這一事實。因為他生活的時空，將沿承「前時空」的時間線運行。也就是說，「前時空」發生的所有事情，28年後同樣會發生在他的時空，妹妹會像徐美美那樣遭遇意外。而且她剩下的時間，只有不到60個小時。

　　徐黃河不敢再往下想了，焦急地問道：「請問，您有辦法救她嗎？我要怎麼做，才能──」

楔子

　　徐黃河還未說完，螢幕上的影像消失，徐長江不見了。

　　埃倫馬上檢查智慧檢測程式，嘗試著按了幾次發射器，只換來螢幕「沙沙沙」的聲響，人影沒有再出現。

第 1 章

　　徐麗麗蹲在她父母親的墓碑前，從巨大的旅行保溫箱內，把一樣樣的供品像流水席似的拿出來：烤雞、醬牛肉、熏魚，外加三道菜蔬：鹹菜炒毛豆、芹菜香乾和番茄炒蛋。

　　徐麗麗是美國土生土長的華裔，是「ABC」（American-Born Chinese），中國傳統祭奠必需的供奉禮「三牲十二道菜蔬」，是她從網路上學來的。

　　她不太會烹飪，平時吃慣了三明治和漢堡，最多拌個蔬菜沙拉，便是一餐。「三牲」是她從中餐館叫來的外賣，用以祭祀后土。「十二道菜蔬」則簡化成「三蔬」，是她哥哥徐黃河告訴她的，這些都是父母生前喜愛的家常菜。

　　徐麗麗擺好祭品後，抬頭對站在一旁的丈夫說：「史蒂夫，請把酒瓶遞給我。」

　　史蒂夫連忙說：「麗麗，不是禮拜完畢之後，再祭酒的嗎？」

　　這次的祭祖與往常不同，他來墓地之前，在網上閱讀了一些資料。中國傳統祭祖的禮儀和形式有些繁雜，要先在墓前供奉牲禮、十二道菜蔬、粿類及刈金、銀紙、往生錢、香燭……擺放好祭品之後，還要燒香向土地公祭拜。如果是新墳，婦人還要哭號，磕頭禮拜完畢，先燒刈金、壽金給土地公，再燒銀

紙給祖靈，紙錢燒完才在紙灰上灑酒，也稱祭酒，最後鳴炮禮成。

然而這些祭拜祖先的傳統禮儀，在紐約就不適用了，這裡的墓地不准燒紙錢，也無法鳴炮。所以他們只能過濾繁複的過程，以最簡單的方式來表達心意，像是焚燒銀紙、往生錢和香燭，就只能以供奉鮮花來替代。不過在墓碑前祭酒，倒是無妨的，但也要等到磕頭行禮後才行。

經由史蒂夫的提醒，徐麗麗低頭一想，覺得他是對的，便不好意思地笑道：「啊呀，我忘了。謝謝你！」

史蒂夫看著徐麗麗，無可奈何地數落道：「看你這記性，我們已經簡化了儀式你還記不住，要是把整套祭拜禮儀都用上，你怎麼辦？」

「誰能比得上你的記憶力呀。我不是有你嗎，是吧？」徐麗麗嬌嗔地說著，立刻挺直身體，開始行磕頭儀式，完了站起來，雙手合十朝墓碑拜了三下，然後站到一邊，示意史蒂夫向她父母親的墓碑行禮。

今天並不是清明節，他們來到墓地進行祭拜儀式，是要告訴九泉下的父母，他們上午去市政府辦公室，辦妥了結婚許可證，在法律上已經是合法夫妻了。其實他們自己都不清楚，是從什麼時候開始戀愛的，因為從幼兒園起兩人就是同學，小的時候彼此是對門住著的鄰居。

史蒂夫擁有超強的記憶能力，但凡閱讀過的書籍內容能精

確回憶到每一頁、每一行和每一個字。他所經歷過的事件，具體的時間、地點、場景和人物，全都歷歷在目猶如剛發生，而且這記憶似乎永遠不會抹去。他尤其擅長數學，電腦編程的能力超群，小學跳了兩級，中學又跳兩級，三年修完大學和碩士課程，是同學和教授眼裡的天才。

史蒂夫的家庭背景並不顯赫，祖父是早年來美國的中國移民，父親也只是一名普通的機械工程師，母親經營著一家中餐館。他依靠獎學金唸完杜克商學院，是「梅森投資集團」的頂尖交易員，華爾街上的傳奇人物。

徐麗麗的父母夫世後，他倆之間的友誼很自然地升級了。史蒂夫本能地像哥哥似的，每天早上等在她家門口，一起坐校車，一起去學校上課。

有一天放學後，他倆走在枝葉密布的林蔭大道上，路邊的鮮花爭奇鬥豔，不遠處綠草如茵的操場旁，噴泉池的水柱時而湧起噴向高空，又像斷了線的珍珠散落下來，水的拍擊聲連綿不斷。徐麗麗拉著史蒂夫的袖子，情不自禁地大叫道：「史蒂夫，噴水柱啦，好漂亮呀！」

不料，幾個穿著蓬蓬裙的女孩子，看著好似天使一般，走在他倆後面卻嘀嘀咕咕，然後很大聲，像是故意說給徐麗麗聽似的：「我們不要跟徐麗麗玩了，她沒有爸爸媽媽，是沒有教養的東西……」

「是呀，你們看她，獨霸著史蒂夫，討厭死了 ── 」

　　同班的一群男孩則在一旁高唱：「徐麗麗是一個大女巫，她是人類的大惡魔，兩眼噴射火焰，把大家燒成肉餅，用魔法水把孩子變成老鼠……」

　　史蒂夫一聽，那段話來自羅爾德‧達爾的兒童讀物《女巫》。故事說的是一個英國大女巫，她交代手下的小女巫，必須在下一次召開女巫大會之前，殺死英國所有的孩子。有一個女巫奮力反抗，大女巫兩眼噴射火焰將她燒成肉餅。眾女巫不敢違令只能答應。一天，大女巫向女巫們做示範，用巧克力引誘一個名叫布魯諾‧詹金斯的孩子來到會議廳，然後用魔法藥水，把詹金斯變成了一隻老鼠。

　　眼下，班裡的女同學這樣欺負徐麗麗，史蒂夫的心裡雖然氣憤，但是他父親說過，是男人就不該跟女人置氣。可是對那幫壞小子就不一樣了。他們這樣惡意誹謗徐麗麗，他不想輕易放過他們。他兩眼冒著火焰，揮起一雙小拳頭，像一頭雄獅那樣，撲向唱歌的男同學。

　　男生們打成一團，史蒂夫寡不敵眾，被打得鼻青臉腫的，又跌倒扭傷了手腕。徐麗麗在一邊看著，急得拿起一根樹枝，用盡全力，拚命驅趕那些揮舞拳頭的男同學。

　　女孩子們則尖叫歡呼，興奮得大叫：「徐麗麗是個小女巫，小女巫要打人了……」

　　男孩子們更是高聲大叫：「快來人呀，小女巫要殺人啦……」

混亂之中，一個女孩子尖叫道：「快跑，大家快跑，班導來了。」

　　孩子們聽見這一聲尖叫，撒開腿，像一陣風似的逃走了。

　　史蒂夫從地上爬起來，他非但沒有逃跑，反而拉著徐麗麗的手，迎面走向班導。他揮動著受傷的小手大發脾氣：「布朗先生，我要起訴這個學校，起訴你們老師管理不當，害我的手腕受傷，告那些王八蛋侮辱罪，讓徐麗麗背負女巫的罵名。我們要求賠償精神損失。」

　　徐麗麗望著史蒂夫，感覺內心很充實，很完整。她心裡所缺失的某種東西，過往的一些遺憾，好像都被他填補了。

　　布朗先生發現情況不對，他想先發制人盡快平息事件。在學校的地盤上發生學生鬥毆，無論怎麼解釋，學校和教師有無法推卸的責任。史蒂夫是一個天才學生，他的聰明才智遠超人們的想像，整個學校的師生都知道。想他一個 10 歲的孩子，已經說出成年人的話了，這要較起真來，天知道會折騰出什麼麻煩呢。

　　於是布朗立刻問道：「史蒂夫，你哪裡不舒服？我陪你去醫務室檢查一下。人小鬼大的 —— 你懂什麼叫精神損失賠償嗎？起訴這個詞，你能隨便亂說嗎？那是要負法律責任的。你懂嗎？」

　　果然如布朗所預料。

　　史蒂夫聽了布朗的話，從脖子上一把扯下鑰匙扣，不服氣

地說：「我沒有亂說話，我這裡有證據。」

　　史蒂夫佩戴的這個鑰匙扣，是一款微型錄音機，可以持續錄音三十六小時，他總是帶在身上保持錄音的狀態。每一天，微型錄音機會記錄他去過的地方，與別人聊過的話⋯⋯

　　說起來，史蒂夫是想以自己的超記憶能力，逗徐麗麗開心的。只要她心情煩躁，或是想念父母了，他便打開錄音機，兩個人像玩遊戲似的，她隨機說出時間，他則回答那個時段的場景和對話，幾乎一字不漏。

　　徐麗麗往往會瞪大眼睛，驚異萬分，興奮之情溢於言表：「史蒂夫，你太神奇了，你是怎麼做到的呀？」

　　每當看見徐麗麗興奮的模樣，史蒂夫便暗自得意，是他轉移了她的注意力。至少她看起來不那麼悲傷了。他卻板著臉，聳聳肩膀，刻薄地嗆她一句：「誰叫你這麼笨呢。」

　　布朗對個中原因毫不知情，但他也是懂點法律常識的。雖然從史蒂夫的錄音片段裡，揭示了孩子們打架的事實真相，可是在對方不知情的前提下提取證據，是不能作為呈堂證供的。倘若今後再發生類似的情況，史蒂夫想要上訴的話，便可以出具錄音內容作為證據。因為大家都知道了，史蒂夫隨身攜帶著微型錄音機。

　　布朗急於息事寧人，連忙寬慰史蒂夫：「孩子，這件事情交給我來處理，我保證讓你滿意。」

　　布朗找來惹事同學的家長，一一通報事件的真相，請他們

務必管理好自己的孩子，不然極有可能會惹上官司。

　　自此之後，班裡的同學不再叫徐麗麗「女巫」，更不敢去招惹史蒂夫了。本來史蒂夫跳級兩次，課業好到沒有朋友，到頭來，還是只有徐麗麗這一個玩伴。

　　也只有他，知道她內心的痛楚。

　　徐麗麗自從父母去世後，就沒有真正地開心過。學校召開家長會，別的同學都是父母去參加，徐麗麗的家長只能由哥哥徐黃河替代。過生日同樣是舉辦生日派對，別人全由父母操持，徐麗麗因為哥哥的課業重，生日蛋糕是史蒂夫的母親烘焙的，豐盛的菜餚也是史蒂夫母親給置辦的，還邀請班裡的同學去為她慶賀，並拍攝影片留做紀念……直到史蒂夫的母親因病去世。

　　噩耗傳來的當天，徐麗麗正在家裡寫作業，她扔掉手裡的鉛筆，一口氣衝到史蒂夫的家裡，默不作聲，陪在他的身邊。她經歷過失去親人的痛楚，知道他有多麼悲傷。

　　那一年，他14歲。

　　李家突然失去了女主人，史蒂夫的生活規律全被打亂了，家裡發生了巨大的變化。剛開始的一段時間，他父親相當地悲傷，除了上班的時候頭腦還算清醒，回到家便借酒澆愁，晚餐是有一頓沒一頓的，這就害苦了史蒂夫。他尚處在身體發育的階段，吃多少都覺得肚子餓，更別說這有一頓沒一頓的生活了。

　　這一切全被徐麗麗看在眼裡，常常給他們父子送去三明

治、一小鍋豌豆蝦仁蛋花湯。這還是史蒂夫的母親教會她的，也是她能做的為數不多的幾個菜餚之一。

而悲傷的情緒是會傳染的。3 年多來，史蒂夫的父親無法走出喪妻之痛，史蒂夫的情緒也跟著低落，脾氣變得異常暴躁。走在大街上被人無意碰一下，他也會破口大罵，甚至跟人家大打出手。

也是從那個時候開始，史蒂夫開始蹺課，去拳擊俱樂部練習拳擊，報名參加跆拳道訓練。但凡他不感興趣的課程，像是歷史課和寫作課，他就懶得去學校，索性窩在家裡玩電腦。

徐麗麗沒辦法。她只能偷偷地溜進史蒂夫的教室，冒充他去簽到，然後耐著性子等下課。這反倒培養了她對文學的愛好。

最讓徐麗麗傷腦筋的事情，就是只要她的身邊有其他男生，史蒂夫必定會跟對方幹上一架。他之所以沒有惹上大麻煩，因為總是被別人打得鼻青臉腫，也不還手，倒像是故意找揍挨似的。這痛在他的身上，卻疼在她的心裡。

史蒂夫的身上纍纍傷痕，有一天早上，終於喚醒了父親對他的關注。

「對不起。」父親愧疚地看著史蒂夫，低頭對兒子嘟噥了一句，又問道，「早餐吃了嗎？」

史蒂夫一怔。3 年多來積壓在他內心的委屈、苦悶、焦慮、不安和悲傷，頓時化作兩行熱淚，順著臉頰流下來。他明白，他父親是愛他的，只是無法忘記他母親。

18 歲生日剛過，史蒂夫便入職華爾街。他的超強記憶力讓他在職場占盡優勢，短短的 3 年，他業績突出，引人注目。同時，他還有著一長串與人發生衝突的紀錄，火爆的脾氣卻一點也沒有隨著時間的流逝而改變。

最有意思的是有一天，史蒂夫衝進交易大廳敦促他的同僚，賣出幾天前剛買入的一筆債券。

「為什麼？現在賣只賺兩億短期利潤。」同僚不同意。

「白痴。我計算過了，現在賣掉能賺三億美元！」史蒂夫的臉上帶著蔑視，一副「你懂什麼」的表情。

「我要再等等。」

同僚的堅持觸怒了史蒂夫，經過幾分鐘的持續爭論，他怒吼著把對方逼出交易大廳。在過道的走廊上，他挑釁道：「好吧，讓我們來解決這個問題。」說罷，便俯身衝向同僚，把對方撞到過道的另一邊，臉上滿是鼻血。

不過後來的事實證明，史蒂夫的判斷是正確的，就因為同僚的固執己見，公司為此少賺一億美元。史蒂夫受到上司的重用，那個同僚被公司無情地解僱了。

史蒂夫脾氣火爆，不擅長家務活兒，連三明治都做不好，簡直笨拙得要命。徐麗麗卻並不在乎這些，他生活上的種種短處，反倒成為她疼愛他的理由。

徐麗麗一直盼望快點長大。大學一畢業，她經歷了一番尋尋覓覓的勞頓奔波，5 個月之後，終於跨進心儀已久的新聞產

業，被全美環球電視臺聘為記者，擁有了一份讓同學們羨慕的職業和可觀的收入。

徐麗麗感覺自己是這世上最幸福的人，現在她有足夠的底氣，去追求一切自己喜愛的東西，包括擁有和史蒂夫的婚姻。她迫不及待地想要嫁給他。

昨天下午，長達 6 個月的等待終於有了回覆，他們接到市政府辦公室的通知，批准他倆去領取結婚證書，並進行結婚儀式。當時，他們不約而同地想到了，要來墓地告訴父母親，他們結婚了。

好在他們原本同住皇后區，史蒂夫的母親和徐麗麗的父母，都葬在聖約翰公墓。他們完成了祭奠父母的儀式，徐麗麗抬腕看錶，發現時間不早了，嘴裡嘀咕了一句：「我哥怎麼還不來呢？」

這時，徐麗麗聽見手機簡訊鈴響，斷定是她哥哥發來的，便從口袋裡拿出手機一看，只見簡訊上寫著：速回家，我有要事和你商量！

第 2 章

徐黃河低頭想著心事,走在曼哈頓的第六大道上,急急忙忙地往家裡趕,心情十分複雜。

作為一個科學家,他發現這個地球同時平行運轉著另一個時空——「前時空」,也與「前時空」對應的自己聯繫上了。他本是欣喜若狂的,然而「前時空」發生過的事件,在當下的時空也會重複一遍。這就意味著還有不到 3 天,發生在徐美美身上的意外,也將出現在徐麗麗的身上。

徐黃河心頭一緊,不由得自問:究竟是怎樣的意外,奪去了徐美美的生命?不弄清楚事故的前因後果,也就無法預防意外的發生。

徐黃河大他妹妹 10 歲。徐麗麗 8 歲那年,他們的父母遭遇車禍同時喪生。不幸發生的當天,他們的父母親開著車,去參加徐黃河的高中畢業典禮,慘劇就此發生。

徐黃河為此一直很自責。每逢年幼的妹妹哭喊著要「爸爸媽媽」,他難過得恨不能也死掉算了。那個時候,他被死亡的力量拉扯著,整日恍恍惚惚。直到意識到,他必須替代父母的空缺,成為妹妹的生活依賴,心中的負罪感才漸漸消失。

他們慢慢恢復了生活常態。他要照顧妹妹的日常起居;去超市購物的時候,他把妹妹往購物車上一放,推著購物車先在

商場內轉一圈，再開始挑選商品；晚上，他替代母親的角色，給妹妹閱讀睡前故事；學期結束他又代表家長，去妹妹的學校開家長會，課業再忙，也不曾缺席過。今天是妹妹結婚的好日子，他該怎樣把這個壞消息，告訴她和史蒂夫呢？

　　他很茫然。

第3章

　　徐黃河租住的公寓距離科學研究所不遠，位於曼哈頓最熱門的切爾西街區，走兩條大街便到了。快到家門口的時候，他聞到一股誘人的香味，從街邊的麵包店散發出來，便不由自主地走進店內。

　　今天是他妹妹大喜的日子，原本約好在父母親的墓地與他們會合，然後一起去餐館慶賀。現在妹妹的生命以分秒來計算了，他得趕緊拿出一個可行的方案來，方可挽救她的性命。時間緊迫，餐館吃飯是來不及了，他決定買些點心和咖啡，來招待他們。

　　所以，當徐麗麗和史蒂夫一推門進房間，便發現氣氛不對，桌上擺滿了咖啡、麵包和蛋糕。徐黃河一改往日沉穩的做派，坐立不安，一副措手不及的樣子。他表情怪異地指著桌旁的椅子，也顧不及說些吉利的話，祝賀一對剛結婚的新人，只是客氣地說道：「小妹，史蒂夫，你們坐下，我有話要說。」

　　「徐黃河，你神祕兮兮地搞什麼鬼？今天是我結婚的日子，你把我叫回家來，就請我喝咖啡嗎？」

　　徐麗麗發急的時候，便會沒大沒小的，直呼她哥哥的大名。直覺告訴她一定發生了嚴重的事情。她哥哥做事情向來嚴謹，不會輕易改變計劃，臉色還相當地嚴肅。

　　徐黃河聽了妹妹的話，無奈地笑了笑，看上去比哭還要難看。

　　一旁的史蒂夫不耐煩了，忍不住地說道：「黃河，你有什麼話，就快說吧。」

　　徐黃河這才對妹妹比畫道：「小妹，你還記得小時候，我們曾經圍繞宇宙大爆炸、黑洞、蟲洞、引力波和量子糾纏，討論過宇宙的奧祕，諸如平行時空嗎？」

　　徐麗麗調皮地頭一歪，毫不猶豫地說道：「是啊。我對量子糾纏印象最深，它被稱為上帝效應，是科學中最奇特的現象，可以把人隱形地傳送到任何地方。」

　　「黃河，你剛才提及平行時空，我就不信，你難道發現另一個時空了？」史蒂夫好奇地發問。小的時候，他經常參與他們兄妹的討論，對宇宙星空也很感興趣。徐黃河平時回到家裡，從來不談科學研究所的實驗項目，不過他能猜出個八九不離十，他的科學研究項目與平行時空有關。

　　徐黃河看了看妹妹，又斜睨了一眼史蒂夫，心裡暗想：從今天起史蒂夫就是他的妹夫，已不再是外人，有關妹妹的生命安全，史蒂夫有權知道事實真相，而且他也需要史蒂夫協助自己救妹妹。所以他沉著地點點頭，壓低聲音，敘述了實驗室發生的情景，最後歸納道：「是的。地球上同時存在兩個時空，另一個時空比我們早了 28 年，暫時被我命名為『前時空』。我——」

徐黃河吞吞吐吐地說到此，內心太糾結，小妹今天剛結婚，這是她生平最幸福的時刻，現在就告訴她實情，她即將遭遇不測，這太殘忍了。他實在是說不出口。

　　誰知，徐麗麗聽她哥哥說到此，已經興奮地叫了起來：「哇，這太刺激了，哥。我能去『前時空』嗎？如果我能像閃電那樣，穿越到另一個時空去，豈不是創下人類奇蹟了？」

　　徐黃河煩躁地喝斥道：「你著什麼急呀，先聽我把話說完，行不行？」

　　「哥，你怎麼啦？我沒有著急呀？」徐麗麗吃驚地瞪大眼睛，不明白哥哥為什麼發脾氣。

　　史蒂夫也覺得很奇怪。徐黃河非常寵愛徐麗麗，今天他們結婚這麼重要的日子，他突然改變計劃已是相當反常了，此時說話又吞吞吐吐，缺乏耐心，便不自覺地朝徐黃河看過去。

　　徐黃河也發現自己失態了。其實他在生自己的氣。妹妹是他唯一的親人，她馬上就要發生意外，他卻束手無策，焦灼的情緒溢於言表。

　　忽然，徐黃河兩眼一閃，腦海中產生了一個大膽的想法：把妹妹的意識傳送去「前時空」，查清楚徐美美發生意外的細枝末節，再返回他們生活的時空，只要稍加修改妹妹的生活軌跡，就很有可能避免意外了。因為時空是一條流暢的大道，隨時可以與物理世界相互交匯，只要找到辦法在這條大道上行進就行了。

想到此，徐黃河頓時興奮起來，便問妹妹說：「你有興趣去『前時空』嗎？」

徐麗麗不假思索地回應說：「你問我有沒有興趣去『前時空』？天啊，我當然願意了。這太刺激了。我正愁寫不出搶眼的報導呢。要是讓我參與實驗，這本身就是獨家的重磅新聞！」

「不行。這是人類史上的第一次量子隱形傳送實驗，不知道會出現什麼樣的狀況，必須嚴格保密。如果這次實驗很危險，風險巨大，你也敢參與嗎？」徐黃河詢問妹妹的同時，也在拷問他自己。

他捨得妹妹成為試驗的對象嗎？

第 4 章

下午 3 點 40 分。

在「前時空」的科學研究所，徐長江因為擔憂徐麗麗的安危，盯著全息電腦上的數據報告，沉思良久。留給他和徐黃河的時間不多了，必須盡快找到營救她的方案。昨晚上，因為連續測試，他熬了一個通宵，吃了午飯後，便有些犯睏，於是去沖了一杯咖啡，盡量讓頭腦保持清醒。

吉姆也是異常焦急，想他們幾十年來如一日的，除了吃飯和睡覺，窩在實驗室探索著宇宙奧祕，試圖發現多重時空，幾乎沒有其他的生活。他們的夢想和終極目標，就是利用科學研究成果改變人類的文明進程，從而轉變人的命運。而頗具戲劇意味的是，發現了平行時空的科學家，竟然連自己的親人都無法拯救，又談何改變全人類呢？ 3 個多小時之前，他們與另一時空的聯絡突然中斷，徐長江的臉色馬上陰沉下來。吉姆非常理解上司的心情，渴望救助徐麗麗脫離險境。

時間毫不留情，「滴答滴答」地悄悄溜走了。

吉姆不得不使用大型智慧檢測程式，不斷向衛星發出一波又一波的脈衝，期許「11 維度」連接其他時空的層膜，也就是和當下時空平行的另一個時空，能夠像漣漪一樣產生震動。

突然，吉姆看到了漣漪效應。這一現象解釋了宇宙的物質

分布，從其他維度中，洩露了另一時空的維度重力。他臉上露出了笑容，立刻對徐長江說：「徐，我們又和徐黃河聯絡上了。你有話趕快說。」

徐長江的腦海中已經擬定了一套計劃：聯合徐黃河進行一次實驗──Quantum Teleportation（「量子隱形傳送」），把徐麗麗的意識傳送到「前時空」來。

在徐黃河的公寓裡，史蒂夫凝視著徐麗麗。他從來沒有像這一刻，這樣認真地端詳她。

徐麗麗頭戴一頂灰色絨線帽，上穿一件灰色的套頭毛衣，配一條緊身牛仔褲，腳蹬一雙藍色運動鞋，一副精神抖擻的樣子。她的臉部輪廓像極了徐黃河。不過與徐黃河所不同的是，她有著一雙靈動的眼睛，長長的睫毛向上捲起，柔軟的嘴唇微微地翹著。

他愛徐麗麗，寧可自己去「前時空」探險，也絕不願意讓她冒這種風險。

不料，徐麗麗卻異常堅決地說：「哥，科學實驗總是需要冒險的，我願意接受挑戰，去暢遊一回『前時空』。」

史蒂夫瞥了徐麗麗一眼說：「算了吧。要去也輪不到你，我是男人應該我去才對。」

「現在男女平等了。我也要去，我們一起去。」徐麗麗笑道。

徐麗麗說了些什麼，徐黃河一點都沒有聽進去，他只聽見了史蒂夫的話，心裡頗感安慰。史蒂夫體格強壯，比起他的妹

妹，更適合這次試驗。不過史蒂夫在「前時空」的對應之人，目前是什麼情況還不知道。他必須盡快調查清楚。

想到此，徐黃河的眉眼舒展了開來，立刻說：「那好，史蒂夫，時間不等人，我們去科學研究所吧。」

徐麗麗翻了一下白眼，盯著徐黃河說：「哥，你著什麼急啊？我們說好午飯去餐館的，今天是我結婚欸。」

「對不起，小妹。生孩子不等人，跨越時空也一樣，我們要做許多準備工作，耽擱不起時間。」徐黃河說罷，想了一下說：「要不這樣，你們去餐館慶賀，我先去實驗室。我欠你們的情以後補。吃完飯給我電話，我來接你們。」

徐黃河一邊說著，一邊急忙朝門外走。

史蒂夫見徐黃河關上房門後，便對徐麗麗說：「你有沒有發現？黃河今天很不對勁，他這輩子的奮鬥目標，就是發現平行時空的確存在。現在他的夢想實現了，卻一點都不興奮。為什麼？你不覺得奇怪嗎？」

徐麗麗當然感覺到了。她只是太高興了。在她結婚的喜慶日子，得知這個地球上並存著另一個時空，就已經夠刺激的了。她還有幸參與跨越時空的實驗，這是人類史上的一大奇蹟，只有在科幻小說裡發生的情景，落在了自己身上。這是她哥哥送給他們的特殊禮物。

徐麗麗這樣想著，內心充滿幸福和快樂！至於她哥哥的反常舉動，她想留著慢慢去弄清楚。

第 4 章

第 5 章

　　紐約曼哈頓，可能是全世界唯一在聖誕節期間，沉浸於它自身典型的喧囂聲而散發出魔力的大都市。

　　Rolf's 是典型的具有德國鄉村風格的餐廳，每年的 12 月，與洛克斐勒中心的滑冰場一樣，是紐約客不可不去的景點。餐廳內，日耳曼人偶和綠色花環彷彿黑森林樹枝般，穿過前面的吧臺一直伸展至大廳，數百種裝飾燈耀眼閃爍，一派聖誕節的壯觀景象。在舉國同慶的節日裡，Rolf's 餐廳除了喧鬧的歡呼聲之外，還提供德國啤酒、味道極好的五香蛋酒，以及人們喜愛的季節性烤乳豬，更少不了招牌菜維也納炸肉排、香腸拼盤、肉餅、蒸貽貝和蘋果薄餅，包括孩子們最愛的脆皮馬鈴薯煎餅。

　　「梅森投資集團」的小範圍聖誕派對，就安排在 Rolf's 餐廳，出席者不是公司的高管，就是業績突出的少數幾位員工。

　　「梅森投資集團」的董事長兼總裁彼得‧沃勒克已經就座，他不時地抬腕看錶：4 點 35 分，請柬上分明寫得很清楚，宴席 4 點 30 分開始，眼見著已經過了 5 分鐘，其他人全到齊了，除了史蒂夫的座位還空著。

　　彼得在其他部門高管的注視下，拿起桌上的手機，向鄰座道了一聲「對不起」，起身便往外面走去。他穿過燈光閃耀的燈飾走廊，來到餐廳的吧臺旁，站定後，按下電話鍵。

　　彼得的祕書貝爾・羅斯追了出來，發現上司正在打電話，便好心地提醒道：「彼得，史蒂夫今天結婚，他不會來了吧？」

　　彼得已經聽見對方的電話鈴響，卻匆忙地收起手機，不滿地瞥了羅斯一眼，說：「這小子向來很守時，他不來參加派對，也該給我來個電話。算了，不管他，我們開始吧。」說完，他低聲地罵了一句：「這個該死的混蛋！」

第 6 章

在「烙鐵大廈」的大堂內，徐麗麗和史蒂夫走在徐黃河的身後，在警衛處登記之後，領到兩張進出大樓的臨時證件。他們經過兩條甬道，又過了兩道關卡，終於坐上通向地下室的電梯。

在電梯旁的一個凹陷處，徐黃河把大拇指按在上面，電腦確認是他的指紋之後，電梯門徐徐地關上了。

……

3 個人來到了科學研究所。徐黃河安排他們坐進接待室，然後說：「你們先休息一下，我去叫埃倫來，他會給你們做體檢。」說完，便離開他倆。

徐黃河獨自去了實驗室。

埃倫見了徐黃河，眉眼一開，馬上說道：「徐，你終於回來了。徐長江的呼叫來了，你看。」

他們緊盯著螢幕。像上次一樣，螢幕上漸漸地出現了人影。徐黃河著急地問道：「長江，長江，你能聽見我說話嗎？」

「黃河，我能聽見，我能聽見。」

「長江，我們長話短說。我想做一個實驗。我想 ── 」徐黃河不想浪費時間，大膽地提出醞釀了很久的想法。

真是心有靈犀啊！

在過去的 5 個多小時裡，徐長江研究了各種營救徐麗麗的

方案，其中有一個方案，就是改變她的生活軌跡。而要做到這一點，必須梳理清楚他妹妹 —— 徐美美的時間線。她妹妹出事那天，一直和詹姆斯·李待在一起，憑著詹姆斯的超強記憶力，完全有能力整理出一條完整的時間線。

所以，徐長江打斷徐黃河的話，迫不及待地建議說：「對不起，我正要跟你說這件事。我想進行一次『量子隱形傳送』實驗，幫助你妹妹擺脫危險。但是我需要她的配合，我們共同來整理出一條時間線。我的妹夫詹姆斯·李記憶力超群，他可以幫助我們。」

徐黃河一聽，敏感地聯想到史蒂夫也姓李，便斷定詹姆斯就是「前時空」那個對應的史蒂夫，頓時有些許的失落。他原本隱藏著私心。如果讓史蒂夫參加實驗，那麼妹妹就不用冒風險，畢竟誰也料不準在實驗過程中，會出現什麼樣的狀況。現在看來，非得她親自參加實驗了。

他深知一條物理學的定律：如果「前時空」的人還生存著，其他時空對應的那個人的意識，是無法跨越過去的。他心裡雖說有些遺憾，但是眼下的辦法比沒有辦法要強多了。所以他立刻回應說：「我妹妹徐麗麗願意參加實驗，她已經做好了思想準備。」

徐長江一聽徐麗麗同意加入「量子隱形穿送」實驗，這暗合了他的心意：「徐麗麗和詹姆斯是最理想的實驗搭檔，現在的重點應該是技術問題了。」

由於徐黃河所在的時空，立體影印技術尚停留在 4D 階段，還沒有發展到 5D 的成熟水準，他們的生物遺傳學相比「前時空」，也落後 28 年，因而無法產生身體複製，也就不能接受意識瞬息轉移。

　　想到此，徐長江說：「我們的複製技術，能夠接受麗麗的意識瞬息轉移。但是她來到『前時空』以後，她的複製體能否保持生理、以及心理的同步變化？細胞變化處於什麼狀態？心肺功能是否正常？身體的代謝變化究竟如何？腦部會不會短暫缺血？這一切的一切，必須經過試驗才能確定，這方面吉姆是專家，請他來給你解釋吧。」

　　此時，站在徐長江身旁的吉姆，連忙上前一步介紹說：「長江，是這樣的。雖然美美去世了，但我們的血庫銀行還有她的血樣，我只需抽取一滴血樣，觸發體外培養機制使其增殖，隨後將靶細胞嫁接上蛋白凝膠，它們便可自我複製，成為美美的複製體。這個複製體就像是一個接收器，雖說大腦內只有無意識的運動機制在活動，不過只要麗麗的意識穿越來到『前時空』，便可直接進入美美的複製體。到時候，我會指導麗麗控制複製體，希望她能像正常人一樣自由活動。」

　　關於實驗中的技術難關，徐黃河是絕對相信徐長江的。因為他所走過的每一個步驟，無不重複著徐長江的腳印。因此，他馬上詢問道：「實驗什麼時候開始？我們時間有限，必須盡快進行實驗！」

　　徐長江回應道：「我知道。讓我們一起加油！你的擔子可不輕啊。一定要在實驗之前，做好徐麗麗的心理調適。」

　　他們約定：隨時保持聯絡，就實驗的各方面，一一落實操作細節！

　　徐黃河也意識到了，他不得不向妹妹吐露實情。然而這對於他來說太艱難。這樣想著，他對身旁的助理說：「埃倫，麗麗和史蒂夫在接待室，你和我一起去，給麗麗做身體檢查的同時，配合我把將要進行的實驗過程，告訴她。」

　　埃倫神色變得嚴峻起來，默默地點頭。

第7章

傍晚5點30分，天色開始黯淡下來，史蒂夫陪伴著徐麗麗，又來到聖約翰公墓。

他倆的心情相當沉重。剛才在科學研究所的接待室，徐黃河的一番話言猶在耳，令他們震驚萬分。

當時，史蒂夫就覺得很奇怪，原本徐黃河已經答應了，由他替代徐麗麗去做試驗。不然，他也進不了安檢嚴密的科學研究所。結果卻只有徐麗麗可以去「前時空」。

史蒂夫不服氣了。他質問徐黃河：「為什麼？麗麗是我的妻子，她不是白鼠，我不同意她參加試驗。」

徐麗麗聽了史蒂夫的話，露出了欣慰的笑容。史蒂夫平常一副冷酷的模樣，有時候她想依賴他，也不願意說出來，擔心他會產生反感。沒想到臨去「前時空」了，他竟然因為她的安全，寧願自己去冒險。

可是史蒂夫的話，在徐黃河聽來就覺得不舒服了。他看著史蒂夫反駁道：「史蒂夫，麗麗是我妹妹，我唯一的親人，你說，我會拿她當白鼠嗎？」說完，立刻掉頭對徐麗麗說：「小麗，別擔心，到了『前時空』，徐長江會照顧你的。他是『前時空』那個對應的我，你見著他就知道了。」

徐黃河安慰著徐麗麗，可是話一落地，他馬上就後悔了。

他知道，妹妹一定會要求見徐美美。

果不其然。

徐麗麗一聽，立刻興奮地問道：「徐長江？哇，太好了。這樣說來我能看見他妹妹啦？也就是那個對應的我？她的名字叫 ——」她好奇地剛想問下去，便看見她哥哥奇怪的表情。

徐黃河看了看埃倫，猶豫著要不要說實話。

埃倫不忍心隱瞞徐麗麗了，便打破沉默說：「麗麗呀，事情不是這樣的。」

「徐黃河，你有話快說，有屁快放。這到底是怎麼回事？」史蒂夫早就想發飆了。今天他們結婚大喜的日子，徐黃河一反常態，從早上到現在說話吞吞吐吐的，憑直覺就知道其中必有隱情。

徐黃河眼見瞞不下去了，便看著妹妹無奈道地出了實情：「小妹，她 —— 徐美美因為一起意外事件，已經去世了。不瞞你說，只有『前時空』和你對應的人不在了，才能把你的意識傳送過去，目的是改變你的時間線，避免你也發生意外。」

徐麗麗這才恍然大悟。她哥哥讓她參與實驗，原來是她將要遭遇意外呀。她因為毫無思想準備，大為震驚，就好似被判死刑，一下子傻眼了。她喃喃自語道：「怪不得 —— 我說呢，你今天這麼反常 ——」

正巧，史蒂夫的手機彩鈴聲響了。他拿出手機問黃河：「我能接電話嗎？」

徐黃河搖搖頭：「最好不接。」

電話鈴聲過後，只聽叮咚一聲。

史蒂夫又問：「我看一下簡訊總可以吧。」

徐黃河猶豫了一下，點點頭。

史蒂夫打開手機，點開訊息，是彼得詢問他，什麼時候過來派對。在這個緊要關頭，派對算個狗屁。他關了手機，馬上問徐黃河：「你的意思是說，麗麗也會意外死亡囉？」

「原則上來說，是的。但是——」徐黃河憐惜的眼神望著他妹妹，點頭承認，然後又看著史蒂夫說：「你別擔心，我和徐長江是科學家，我們不會讓麗麗發生意外。徐美美的丈夫詹姆斯跟你一樣，他也是記憶高手，我們讓小妹去採訪他，梳理清楚徐美美的時間線，只要避開發生意外的時間，麗麗就安全了。」

史蒂夫望著徐麗麗，發現她眼淚含在眼眶，已到了決堤的邊緣。他察覺出她眼裡的恐懼。「前時空」畢竟是一個未知的世界，萬一她再也回不來呢？她面對著死亡的威脅。他想安慰她，卻找不出一句合適的話語，啞然詞窮到只在心裡乾著急。

徐麗麗壓抑著自己的情緒，硬生生地忍住淚水，說：「我想去聖約翰墓地。剛才我沒有和父母親好好地道別。」

她堅信，去墓地能夠提醒自己，死亡是的的確確存在的。這其實是一件好事情，因為存在死亡的事實告訴她，至少自己還活著，從中傳遞了一個重新看世界的視角，有助於她決定想要什麼樣的生活，想在怎樣的環境中生活，今後會給孩子留下

什麼樣的傳奇。

「我還會有孩子嗎？」

徐麗麗站在父母親的墓地前，心裡暗暗地自問。

第 8 章

　　聖約翰墓地是一座天主教墓地，1872 年，應布魯克林第一任主教約翰‧洛格林的要求，為滿足皇后區和布魯克林不斷成長的家庭需求，經由紐約州立法機關的特別法案，允許在皇后區中村的大都會大街，把洛格林主教擁有的牧場，開發建設成一座公墓。

　　1933 年，皇后區大都會大道南側的土地，也被開發使用起來，而最後一塊土地得以採購和開發，那是 14 年之後了，這使得聖約翰公墓維護與保養的面積達到 190 英畝，整個墓園好似一座街心花園，綠樹成蔭，噴泉雕塑隨處可見，是紐約最大的公墓之一。

　　亞裔美國人葬在聖約翰公墓內，也是近十幾年來的現象，每到春暖花開的清明節時分，墓地外的街道兩旁，小轎車排起一條長長的隊伍，大多是從中國來的新移民前來祭拜親人。當他們離開的時候，墓碑前的空地上，總會留下用塑膠盤盛著的菜餚貢品。

　　然而，早先長眠於聖約翰公墓的大多是天主教徒，不管他們生前罪孽多麼深重。像臭名昭著的惡棍約翰‧魯索，曾是紐約義大利黑手黨 5 大犯罪家族的教父，可謂老大中的老大，控制著一個巨大的犯罪帝國，也被葬在這裡。

　　魯索信奉天主教，家人選擇把他葬在聖約翰公墓。布魯克林羅馬天主教教區宣布：不允許魯索舉行安魂曲彌撒，只能在葬禮後做紀念彌撒。因為天主教徒相信，為在煉獄中的逝者舉行彌撒，可縮短他們在煉獄的日子，以便他們早日進入天國。魯索生前罪孽深重，顯然不符合舉行安魂曲彌撒的條件，因此不能在教堂舉行葬禮。當魯索的紀念彌撒結束後，「崇拜」他的紐約民眾卻自發組成送葬隊伍，約有上千人跟在隊伍後邊，把魯索的靈柩送到聖約翰公墓，埋葬在他兒子弗拉姆的旁邊。

　　正巧，魯索舉行葬禮的那天，史蒂夫也在聖約翰公墓，那是他母親下葬的日子。當時他充滿了好奇。死後能被大家哭泣哀傷，那是一種無上的榮耀，究竟是什麼樣的人，能贏得這般榮耀呢？

　　史蒂夫無論如何都想不明白，由上千人護送到墓地的，是紐約客談之色變的「教父」——約翰．魯索。他一生做盡了壞事，臭名遠揚，紐約的市長、市參議員，甚至紐約州的州長，他們在相當長的職業生涯中，前赴後繼地投入大量的人力和物力，最重要的任務就是把魯索送上審判席，以求摧毀紐約 5 大家族控制的犯罪集團。

　　像是紐約州的州長麥克．庫瑪，他和魯索一樣從小在皇后區長大，而且也是義大利後裔，可他們的人生道路卻截然不同。庫瑪痛恨一切暴力行為。他渴望扭轉人們對義大利裔美國人的刻板印象——來自西西里島的移民全是黑手黨。為了粉碎

魯索領導的犯罪集團，庫瑪走上法庭替受害人辯護，配合檢察官查找魯索的犯罪證據，可是效果甚微。於是他走上競選市長和州長的從政之路，試圖動用國家和政府的力量，來剷除危害社會的毒瘤。

庫瑪贏得了州長大選，並且連任三屆，直到把魯索送上法庭，才卸任州長的職務。庫瑪把一生的奮鬥成果，寫成了《魯索，我終身的敵人》這本書，之後得了重病臥床不起。他頑強地與疾病抗爭數年，就是擔心「敵人」還有興風作浪的一天。直至得知魯索病死在監獄，他才安心地閉上了雙眼。

史蒂夫不願成為庫瑪，一生只為他人活著。也不會像魯索那樣，專做損人不利己的勾當。然而他發現，庫瑪生前與魯索死磕了幾十年，魯索一生風光無限，在回到人生終點的時候，兩人都長眠於聖約翰公墓，魯索卻遠比庫瑪享盡哀榮。崇拜魯索的紐約人，每當前來祭奠親人的時候，總會在魯索的墓前獻上一束鮮花，他似乎永遠被人牢記著。

史蒂夫的內心很不平靜：這個世界太不公平！

他上網打開「Google」搜尋聖約翰公墓，約翰·魯索的名字馬上會映入眼簾，只要點開約翰·魯索的詞條，此人作惡的生平就會一一呈現出來。

而像他母親這樣的良善公民，一生守法，除了他和他的父親，好似再沒人知道她曾經來過這個世界。

史蒂夫最為懊惱的是，從來沒有對他母親說過一聲：「我愛

你。」她突然地離開了。不是暫時的分離,而是永恆的分別。他再也沒機會告訴他母親,他愛她,思念她。

眼下,他心愛的妻子危在旦夕。他憤怒地責問上帝:為什麼又要奪走他所愛的人?

在不知不覺中,他鬼使神差般地發現,自己站在了魯索的墓旁,一束鮮花擺在石碑前,可以斷定掃墓者是今天來的,因為包裹鮮花的紙張沒什麼皺褶。

史蒂夫下意識地朝四周張望。他見一個滿臉鬍渣的人,站在不遠處的一棵大樹旁,正朝他看過來。

史蒂夫熟悉那張臉龐。他想起來了。14 年前,在皇后區發生的車禍現場,此人作為目擊證人,接受過記者的採訪。他也是在電視新聞聯播節目上,見到此人的。後來他才得知,車禍的受害者正是麗麗的父母親。

史蒂夫敏感地覺察,在這個特殊的時刻,此人為什麼會在這裡呢?這個人是誰?為何用審視的眼神盯著他?在此撞見此人是巧合嗎?

史蒂夫立刻警覺起來,本能地擔憂徐麗麗會遭遇不測,他撒開腿狂奔起來,徑直朝妻子跑過去。事實證明,他的擔心不是沒有道理的。

在他們走出科學研究所之前,徐黃河不止一遍地囑咐:「這次實驗極其高端,是人類歷史上的第一次,必須保密。其次,這關乎麗麗的生命安全。本來我可以請保鏢保護麗麗,但這樣

做會更顯眼，目標可能會更大。你是麗麗的丈夫，能名正言順地保護她，千萬要小心。」

　　他們好像被跟蹤了。

第 8 章

第 9 章

12 月 22 日晚上 9 點，距離徐麗麗發生意外事件，只剩下 50 個小時！

在「前時空」的科學研究所內，徐長江帶領實驗室的全體成員，按照與徐黃河共同制定的方案，全身心地投入營救徐麗麗的工作。

在過去的 10 年裡，科學研究所在實驗室進行過無數次的試驗，吉姆·斯佩曼一直是徐長江的助手。眼下，他們需要複製一個徐美美，這關乎生物醫學領域，徐長江自然地變成了吉姆的助手。

斯佩曼家族的男人，幾乎全都從事醫學和生物學的專業。斯佩曼的姓氏在醫學界和生物學界，名聲絕對是響噹噹的。醫學界設有一項僅次於諾貝爾獎的獎項 —— 拉斯克獎，吉姆的祖父老斯佩曼獲得過此項大獎。老斯佩曼對世界最重要的醫學貢獻 —— 是用兩棲類胚胎進行細胞核移植，這是走向複製的第一步。

老斯佩曼的兩個兒子 —— 吉姆的父親和叔叔都繼承了父親的遺願，在生殖性複製領域取得了進展，他們成功採用「體細胞核移植」，創建了基因相同的動物 —— 母羊艾莉絲。

這個過程需要將「供體」變成體細胞，取出體細胞的細胞

核，再將這個細胞核轉移到被去除細胞核的卵子中。如果卵子開始正常分裂，它會被轉移到替代母親的子宮裡。這樣的複製不完全相同，因為體細胞可能在其核 DNA 中產生突變。

而且細胞質中的粒線體也含有 DNA，並且在「體細胞核移植」期間，粒線體 DNA 完全來自細胞質「供體」的卵子，因此粒線體基因組與其產生的核供體細胞的基因組不同。這可能對跨物種核移植產生重要影響，其中核 —— 粒線體的不相容性，可能會導致細胞的死亡。

艾莉絲是第一個從成體細胞中成功複製出來的哺乳動物，是透過從她親生母親的乳房內取出一個細胞，經過 430 次的嘗試，將其輸入其他綿羊的卵子中形成胚胎，然後將胚胎置於另一隻雌性綿羊體內經歷正常懷孕，才產出的一頭複製羊 —— 艾莉絲。

斯佩曼的姓氏因此而舉世聞名！

吉姆‧斯佩曼繼承了他祖輩的傳奇，可謂是站在巨人的肩膀上，又經歷自身幾十年的努力，眼下就要完成複製人的突破了。

經過了 3 小時 15 分鐘爭分奪秒的奮戰，吉姆把複製的徐美美，呈現在徐長江的面前，頗為自豪地說：「徐，你看吧，現在我們就等徐麗麗過來了。」

第 10 章

史蒂夫牽著徐麗麗的手，坐進一輛計程車，喘著粗氣命令司機：「去小義大利王子街，請你開快些。」說罷，他掏出 3 張 100 美鈔的票子，透過座位間的隔離窗遞給司機。

美鈔轉手，事情便好辦了。

「謝謝！老兄，你算是找對人了。」司機掉頭伸手接過錢，下意識地用力踩足油門，心下暗想：幸虧昨天換過新輪胎，不然發動機再好，也絕對爆發不出他們想要的速度。

徐麗麗是一臉驚愕，今天發生的一切，完全超出她的承受能力。她氣喘吁吁，慌張得說不出話，只是驚恐地看著史蒂夫。

史蒂夫湊近徐麗麗，向她耳語道：「麗麗，我們被人跟蹤了。你把外套翻過來穿，頭髮最好放下來，你的手機給我。」

徐麗麗從衣袋裡掏出手機，遞給史蒂夫，立刻鬆開紮緊的牛角辮，隨即脫下滑雪衫翻了個面，又穿上。

史蒂夫接過徐麗麗的手機，拔出芯卡，搖下車窗把手機往外一扔。徐麗麗的手機是安卓操作系統，安卓屬於「Google」公司，並且此系統有「街景車」功能，車上的設備會收集沿途的 WiFi 名稱和路由器的 MAC 位址，只要她手機裡的「Google」應用程式連上網，即便取出 SIM 卡，關掉 GPS，「Google」透過基地臺，其三角定位也能找到徐麗麗的精確位置。

　　而他的手機是黑莓，有自己的操作系統，一般很難被「駭客」。但是為了不暴露自己的位置，早在科學研究所他就關機了，眼下更不能打開手機。所以他問前面的司機：「麻煩你，能借你的手機打個電話嗎？」

　　「當然，老兄。」司機遞上他的手機。

　　史蒂夫接過手機，說了聲：「謝謝。」

　　他下意識地向後車窗看去，窗外一片黑黝黝的，高速公路上除了昏暗的街燈，無法看清跟蹤他們的車輛。他憑直覺感到墓地上的那個人，一定跟在他們的後面，便用手機撥通一個電話，還故作輕鬆地說：「請你在小義大利的王子街等我。對，轉角口就是星巴克。嗯，是的。你的車牌號碼是……好，不見不散。」

　　史蒂夫掛斷電話，敲了敲隔離窗，把手機還給司機。他握緊徐麗麗的手，湊近她又耳語道：「親愛的，別害怕，我們會甩掉他的。」

　　「我，我沒看見跟蹤我們的人呀，是你神經過敏吧？」徐麗麗寧願相信史蒂夫的判斷。她是一名優秀記者，對事物充滿好奇心和敏銳的洞察力。但現在她除了好奇心，洞察力已經被死亡的威脅挫敗了。

　　史蒂夫輕描淡寫地回答說：「你別緊張。我只要求你配合我。你可以相信我嗎？」

　　徐麗麗看著史蒂夫，點點頭。

史蒂夫摟著徐麗麗，輕吻了一下她的額頭。今天是他們結婚的大喜日子，原本他計劃好了給她一個驚喜，過兩天離開紐約，去雪梨度蜜月，在邦代海灘慶祝聖誕節。

　　他等待這一時刻，瞞著徐麗麗暗地裡籌劃了一段時間，真不希望他倆的蜜月旅行化為泡影。他甚至在邦代海灘的地標建築——邦代賓館，預訂了觀賞大海的海景房。

　　他和徐麗麗都喜愛衝浪。雪梨此時正是夏季，氣候溫和溼潤，邦代海灘的安全設備和措施，是全世界頂級的。為了觀光客的安全，澳洲的衝浪救生組織，在邦代海灘劃分了 10 個危險等級。海灘北部的末端被劃分為第 4 危險區域，因為著名的離岸流，南邊被定為第 7 級危險地帶。

　　邦代救生員每到衝浪季節，都會出動大約 2,500 次的救援行動，包括尋找迷路的孩子、對付小偷，幫助遊客解除因鯊魚帶來的恐慌。一些名人像是帕莉絲‧希爾頓、理察‧布蘭森、史蒂夫‧厄文和他的女兒，全都接受過邦代救生員的救援。他完全不用擔心安全問題。

　　除了衝浪以外，他們還能去海灘上的劇場聽歌劇、看畫廊，麗麗喜歡 DIY，那兒的美術工作坊、陶器工作室，可以讓她面對美妙的大海，充分展開想像的翅膀，創作出獨特的手工作品來。

　　而且他選擇去雪梨度蜜月，也是為了思念和紀念他母親，回味他們共度的幸福時光。他 13 歲那年，跳了兩級進入高中，

作為獎勵他的禮品，他母親高興地說：「兒子，你想去哪裡度假呢？我和你爸爸陪你去。」

他沒有絲毫的猶豫，脫口而出道：「雪梨。」

因為閒來無聊的時候，他看過一檔電視節目，是國家地理歷險頻道的紀錄片。他最愛看的一部紀錄片，是澳洲電視臺的真人秀《拯溺雄心》。海灘救生員英勇無畏，排除一切困難成功救人的情景，深深地觸動了他的心靈，於是他決定要一睹他們的風采。

他母親立刻答應了。沒想到那趟旅行，是他們全家最後一次甜蜜的假期，第 2 年他母親便去世了。早知命運是這樣的安排，他就不會把那次雪梨之行，當作理所當然並且毫無感恩之心的了。

原本以為他對母親的虧欠，可以彌補在徐麗麗的身上，現在看來去雪梨度蜜月，似乎是一件奢侈的事情，好像沒有可能實現了。眼下他唯一能做的，就是絕對不能暴露麗麗的行蹤，下了高速公路得多繞幾個圈子，必要的時候去賓館躲一個晚上。

史蒂夫這樣想的時候，又下意識地朝後窗看去，果真有一輛車在不緊不慢地跟著他們，便大聲叫道：「老弟，你得加速了，給我甩掉後面的越野車，最好在下一個出口下高速。」

說著，史蒂夫從上衣袋裡掏出錢包，從裡面抽出兩張美鈔，全是 100 元的大面額，遞給司機。

司機頭也不回，雙手緊握方向盤，兩眼盯著前方說：「老

兄，你已經付過車費，看來你們遇到麻煩了。我看你們也不像壞蛋，現在就看我的水準了。你們不會失望的，我一定把你們安全送到王子街。」

「謝謝你！」史蒂夫感激地說著。心裡卻暗想：外面已然是漆黑一片了，跟蹤者還能追蹤到我們，難道我的黑莓也被「駭客」了？這樣一想，他從左上衣袋掏出黑莓手機，拔掉芯卡，拉下車窗，正準備把手機扔出去。

不料，卻被徐麗麗給攔住了。她指著後窗說：「你看，我們已經被盯上了，你現在把手機扔出去，能甩掉他們嗎？不如到了王子街，我們換車的時候，把手機丟在車上，讓他們跟著車子兜圈子去吧。」

「喲，親愛的，沒想到，我娶了一個大偵探啊？」史蒂夫不由得讚賞道，他一反常態，捏了捏她的鼻子說，「我是急瘋了。啊，對了，我也要喬裝改扮一下。」說著，他把手機丟在座位底下，脫下大衣，湊上前去對司機說：「老弟，你介意跟我換外套嗎？」

超車是一門很深的學問，一個判斷失誤，很有可能發生車禍，更何況後面還有追兵緊咬不放。而司機正全神貫注地盯著路況，加快了速度左突右衝，在超車道、行車道和大車道上不停地變換，相當果斷，不拖泥帶水。在超車通過後，便快速變道至行車道，總能給後面的車輛讓出超車道，憑著膽識和駕駛經驗，超越一輛輛的大小車輛，向著曼哈頓的方向疾馳而去。

　　史蒂夫見此情景，司機是不可能脫下衣服的，便連忙改口說：「哦，不用了。我把皮夾克留下來，請把你的帽子換給我，可以嗎？」

　　司機一口答應：「當然，你不嫌棄只管拿去。」

　　徐黃河感慨時間一分一秒地似乎過得越來越快了，他的內心也變得焦急起來。差不多快 3 個小時了，他聯絡不到史蒂夫和妹妹，完全不知道他們的去向。

　　剛才「前時空」傳來好消息，徐美美的複製已然完成，就等妹妹準備就緒，開始進行「量子隱形傳送」實驗，可此時，卻不見妹妹的蹤跡。他和埃倫輪番打電話，沒有他們的消息。

　　徐黃河知道，他的小妹可能遇到麻煩了。

　　史蒂夫頭戴一頂藍色棒球帽，穿一件灰色套頭毛衣，拉著徐麗麗的手快步走在第六大道上。他們穿過馬路轉進 26 街，迅速閃進一個不起眼的轉門內 —— 洛克斯酒店。

　　史蒂夫選擇洛克斯酒店去避險，是因為酒店 2 樓的夜總會，每晚都舉辦爵士音樂會，不用買門票就能進去，直到凌晨 2 點才結束。而且酒店內電信設備齊全，咖啡廳和酒吧都設有網路電腦，尤其是過道上的投幣公用電話不容易被「駭客」。他必須聯絡徐黃河派人前來接應他們，順便還能在酒店內買到適合他的外套。

　　他們推門走進酒店大堂，廳堂內人來人往，異常熱鬧。兩人不露聲色地混雜在人流中，慢慢走上 2 樓的夜總會。這裡的

燈光既暗又明，他們選在靠近門口的觀眾席上。這個角度便於觀察裡裡外外的情況，如果發現不妙可以及時逃走。

徐麗麗經歷了不尋常的一天，精神和體力已極度疲勞，此時迷離的燈光不溫不火，溫婉的背景音樂猶如催眠曲，她喝了一杯飲料，眼皮便不聽使喚地睜不開，靠在椅子上瞌睡過去。

史蒂夫見此情景，心疼得要死，有那麼一瞬間，他真想讓她去客房好好睡一覺。不過理智告訴他，眼下還不能放鬆警惕，跟蹤他們的人到底是誰？為什麼要跟蹤他們？是因為徐黃河發現了「前時空」嗎？這個機密他也是今天才知道，難道已經洩密了嗎？這一連串的疑問，一直盤旋在他的腦際，應該讓徐黃河知道才好。

他決定聯絡徐黃河，看著徐麗麗疲憊的模樣，雖然心疼得要命，也只好狠下心來叫醒她：「麗麗，你醒醒。」

徐麗麗依稀聽見史蒂夫的輕聲叫喚，迷糊地睜開眼睛，呆愣地看著丈夫。忽然，她警覺地直起腰問：「怎麼啦？有情況嗎？」

「親愛的，我們得聯絡你哥哥，只有確認甩掉了跟蹤者，你才能去科學研究所參加實驗。在不確定安全的情況下，現在我們最好不要分開，你和我一起去打電話吧。」

史蒂夫心想，好萊塢的恐怖電影也好，間諜電影也罷，總是在緊急關頭設計出蹩腳的橋段：分開行動，結果被敵人各個擊破，或者被捕關押，或者乾脆被殺。他才不會那麼笨呢。他

們換乘了 3 輛計程車，才輾轉逃到酒店來的，第六感告訴他，他們現在還是比較安全的。

「好的，我們走吧。」徐麗麗答應道。

第 11 章

　　晚上 10 點 06 分，徐麗麗和史蒂夫終於回到科學研究所，在徐黃河和兩個警衛的保護下，踏進了接待室的大門。

　　史蒂夫見徐麗麗安全了，便湊近她耳語道：「親愛的，我有話要對黃河說，你先去休息一會兒。」

　　徐麗麗想到馬上就要參與實驗，也不知道結果會怎麼樣，如果事情進行得不順利，她很有可能就再也見不到史蒂夫了。這樣一想，她下意識地挎著他的手臂，就是不肯鬆手。

　　徐黃河見此情景，走上前去安慰妹妹說：「小妹，別擔心，先讓埃倫陪你去休息，我隨後就到。」

　　一個小時前，徐黃河接到史蒂夫的求救電話，得知他倆被人跟蹤，立刻派出兩名配槍的警衛，去接應他們。他原本心裡就很著急，為將要進行的實驗做準備，想等實驗結束之後，再詳細了解情況。但是眼看史蒂夫一臉嚴肅的表情，他覺得事態一定很嚴重，便示意史蒂夫去他的辦公室。

　　史蒂夫跟在徐黃河的身後，走進辦公室便環顧四周，發現辦公桌上有一臺藍牙光碟機。他靈機一動，把一張光碟放進機器調高音量，當音樂響起的時候，才開口把下午遇到的情況，連帶著把自己的懷疑，對著徐黃河敘述了一遍。

　　徐黃河聽到最後，下意識地掉頭看向玻璃窗外，目光一一

掃過所有員工，在心裡判斷誰有可能是背叛者。因為史蒂夫敘述的情況，遠比他想像的來得嚴重。此時此刻，他馬上要與「前時空」聯合起來做實驗，只能故作坦然和鎮定地說：「史蒂夫，事情到了這個地步，你有權利知道全部真相。小麗的時間已經不多，按照前時空的徐美美的生命軌跡推算，49 個小時後，小麗就會遭遇意外。所以，我們必須馬上進行實驗，你能理解嗎？」

史蒂夫一怔！

徐麗麗將遭遇意外的事實，他一開始是拒絕相信的，為什麼在他最幸福的時刻，要面臨失去最心愛的親人？為此他感到極為憤怒。然而欣慰的是徐黃河是科學家，興許透過實驗能挽回這一切。雖說他很鬱悶，但是為了幫助妻子度過難關，他必須克服悲傷堅強起來，因此而選擇接受這個事實。

他萬萬沒有料到，更加殘忍的打擊再次向他襲來 —— 兩天之內，麗麗就要意外身亡。這一切來得太突然，徐黃河直到現在才告訴他，氣憤、怨恨和惱怒，壓在心頭，他快承受不了。要不是當下情況特殊，他可能就要爆發了。他強壓住心頭的不滿，屬聲地問道：「麗麗，她知道嗎？」

「這 —— 我，我實在不忍心告訴她……」徐黃河哽咽了。

史蒂夫望著徐黃河悲傷的模樣，壓抑在心裡的怨氣全洩了，頓時感到其實他倆都很可憐，心下暗想：徐黃河至少在忙著保護妹妹，我又做了些什麼呢？我能夠為她做什麼？

想到此，史蒂夫問道：「你不忍心告訴麗麗，就由我來告訴她吧！」「史蒂夫，謝謝你。因為時間緊迫，馬上就要進行實驗，我擔心她承受不了心理壓力。我和徐長江商量過了，等這次實驗結束，我們一起跟她說吧。」

「實驗什麼時候開始，我能守在她身邊嗎？」史蒂夫著急地詢問。

徐黃河向史蒂夫走近一步，壓低聲音說：「你也知道，科學研究所內可能藏有技術間諜，實驗的保密級別必須升至最高級，非相關人士不能參與其中。你要是擔心小麗的安全，可以等在接待室。你先休息一下，你看呢？」說完，用徵詢的眼神看著史蒂夫。

「好吧，我就等在接待室，你忙去吧。」史蒂夫關掉藍牙光碟機，取出 CD 唱片，跟著徐黃河走出辦公室，徑直去了外面的接待室。

徐黃河來到實驗室。

徐麗麗結束初步的體檢，坐在那兒正和埃倫閒聊著。他們看見徐黃河走了進來，埃倫馬上匯報說：「徐，小麗的血壓、心率和肺率都很正常，不過她有些疲勞，我們還要繼續嗎？」

徐黃河故作輕鬆地微笑說：「是的，埃倫。但是請按照 AAA 級別，準備實驗的步驟。」

實驗級別上升為 AAA 級，意味著保密程度為最高級，埃倫知道變故的原因，是與小麗下午被人跟蹤有關。可想而知，

這起跟蹤事件並不一般，問題一定很嚴重。所以聽了徐黃河的話，他閃到一邊，立刻去做準備。

徐黃河見妹妹表情緊張，立刻安慰道：「小麗，你別擔心，史蒂夫就在接待室。他會一直陪著你，直到實驗結束。」

說著，徐黃河走過去打開保險櫃，從裡面拿出一枚戒指，向徐麗麗解釋說：「當你跨越『前時空』的時候，意識訊息將進入徐美美的複製體。這是一個內置傳感器，你別看它體積小，計算功能足以完成送衛星上天的工程。這枚戒指會接收並記錄你的生命體態，與這裡的資料庫相連，就像是茫茫大海上的指南針，是指引你的意識返回來的燈塔。」

徐麗麗仔細聽著，頻頻地點頭。

徐黃河見妹妹聽明白了，便繼續說：「今大是第一次量子隱形傳送試驗，由於技術的限制，也因為我們的認知有限，你最多在『前時空』停留 3 個小時。」

徐黃河見妹妹目光空洞，神情惶恐，心裡是又急又難過，不知道怎麼來安慰妹妹。情急之下，他帶著徐麗麗來到另一個房間，也不管她聽沒聽他的話，只一味地強調：「小麗，請你相信我們。我和徐長江都是科學家，我們不會讓你發生意外。你聽著，徐美美的丈夫詹姆斯也是記憶高手，到時候你去採訪他，只要梳理清楚徐美美的時間線，意外就可以避免了。你聽見了嗎？」

徐麗麗看著哥哥，懵懂地點點頭。

徐黃河把徐麗麗按在一個座椅上，微笑著說：「來吧，你先坐下。」

　　徐麗麗發現座椅上掛著輸液設備，頓時清醒了，臉上露出疑惑的表情，不解地問道：「這是幹嘛呢？」

　　「別害怕。因為跨越『前時空』相當消耗精力，你需要補充能量，感覺無聊的話，就看看書，或者閉目養神都行。」徐黃河和藹地解釋著，一邊動手給妹妹輸營養液。

　　就在徐麗麗做著實驗準備的時候，史蒂夫等在接待室，真是坐著也不舒服，站著也心煩，不知不覺地走進旁邊的廚房，沖了一杯咖啡，拿了一個小鬆餅，又返回接待室。

　　他無聊地站在那兒，喝了一口咖啡，看著電視上 WPIXDT 頻道正播放當地新聞。螢幕上的影像無聲地晃動著。忽然，一個畫面引起他的關注：一輛計程車停靠在人行道旁，司機手捂著流血的額頭，接受著記者的採訪，螢幕下的字幕寫著：

　　今晚 6 點 40 分左右，在華盛頓廣場的西百老匯，發生了一起持槍搶劫案。受害司機稱，一位蒙面持槍人搶走客人留下的手機，用槍托打傷他的頭部後逃逸。所幸司機傷勢並不嚴重，送醫後經過治療已經出院。

　　螢幕上的最後一個鏡頭，是一閃而過的計程車車牌號，史蒂夫見了，嘴裡的咖啡差點噴出來。他根據新聞描述的時間、地點、司機的模樣、以及嫌疑犯只搶走客人遺留的手機等這些

訊息，猜想十有八九是自己乘坐計程車，而車牌號在最後確證了這一事實。

　　他一邊用紙巾擦著嘴角，大腦飛快地轉動起來，心下暗想：那個蒙面搶劫者就是跟蹤他們的人，想要解開個中謎團，最好的方法是利用掌握的蛛絲馬跡進行反跟蹤。目前科學研究所是最安全的地方，就讓徐麗麗在這裡躲避著，只要她不外出，就不會遭遇意外。

　　他打定了主意。

第 12 章

　　紐約長島的南安普敦，位於大西洋前沿的北部，隸屬於紐約的薩福克郡，是全美最富有的小鎮，素有「莊園區」之稱，全美有一半的億萬富豪都住在那裡，像是福特、杜邦、艾森豪威爾、范德比爾特和摩根家族，這些頂級富豪在南安普敦都擁有大別墅，他們是「莊園區」的常住居民。

　　南安普敦以頂級富裕的城鎮地位聞名全美，也因悠久的社會傳統獲得世界認可，被視為「舊錢」的中心 —— 由幾代人的經營傳承累積財富，絕非依靠自我奮鬥獲得「新錢」而暴富。

　　在那些擁有「舊錢」的頂級富豪眼裡，一夜暴富擁有的「新錢」，充其量屬於按家庭經濟狀況劃分的「上層階級」，絕對踏不進「上流社會」半步。「上層階級」群體能否成為「上流社會」的一分子，就要看他們如何把「新錢」加速折舊變為「舊錢」。

　　隨著美國「朝陽工業」的興起，鐵路等「夕陽工業」的沒落，南部陽光地帶的石油產業，與中部和西部的航空航天、以及資訊產業的大量「新錢」，不斷向東北部地區的「舊錢」發起挑戰。

　　在這一波「新錢」和「舊錢」的博弈中，來自義大利黑手黨控制的「黑錢」，也暗暗地流向東海岸 —— 紐約，加入了權力與利益的博弈。

　　紐約義大利 5 大犯罪家族的形成，起源於西西里的黑手黨團夥，他們的組織內部架構等級森嚴，猶如一座金字塔，最底層是跑腿的小嘍囉們，爬到上面一層是士兵（打手）、隊長、顧問、老大助理和老大，最頂層是老闆的老闆 —— 教父。

　　近百年來，紐約 5 大犯罪集團歷經火併、重組、內鬥和宮廷政變，教父的權力經過幾番新舊交替，現今掌握在馬特奧‧魯索的手上。馬特奧繼承了老教父約翰‧魯索的遺願，作為黑手黨的最高管理者，他擁有至高無上的權力，發號施令、解決爭端、與交戰的派別劃定領土界限，管理美國、加拿大和墨西哥黑幫的所有生意。

　　在這樣一個龐大的組織裡，馬特奧的指令就是「聖旨」。如果有誰膽敢擋住馬特奧的財路，令他感覺眼裡揉進「沙子」，他想要那個人死，那個人就不得活。如果他察覺被欺騙和背叛，那麼背叛者將受盡酷刑被折磨致死。如果他發現下屬辦砸了事，辦錯事的傢伙被打的程度就是他警告的程度。

　　馬特奧的權力和威力，其實是建立在恐懼之上的。恐懼源於他能隨意剝奪他人的生命，同時在「金字塔」組織結構的庇護下，逃脫法律的嚴厲制裁。因為他無須自己動手，只需發號施令，經過層層傳達由隊長帶領打手去執行命令，或販毒殺人，或放高利貸敲詐勒索。即便打手們被警察逮捕，檢察官明知是馬特奧下達的命令，也因缺乏人證物證而無法起訴他。

　　馬特奧汲取了他父親的教訓，竭力避免記者的聚光燈追

蹤，轉入地下經營擴大非法生意，不惜以金錢和美女來賄賂政治人物，滲透紐約州內外的司法系統，重建和恢復來自司法部門的庇護，以免被司法起訴和其他的刑事指控，因而獲得權力來建設港口、控制工會。

黑手黨內部的一萬多人各司其職，他們從事高利貸、敲詐勒索、行賄、毒品和妨礙司法公正，再從各個領域招募更多的「社會菁英」，進而利用高科技手段犯罪，使得線人和美國聯邦調查局更難收集訊息抓捕他們，而他們的目的只有一個 —— 賺取更多的金錢。

馬特奧躲在陰暗處的時間越長，犯罪集團的力量也變得越發強大，他們的力量超出了美國聯邦調查局的報導。

金錢就是權力！

兩年前，馬特奧把自己的觸角伸向了南安普敦，在那裡購置了一處海濱物業，是由 3 棟別墅組合而成的院落，總面積為 24,000 平方公尺。他的集團總部也從皇后區的小奈坷 —— 一個中上階層的社區，搬遷至最富有的小鎮 —— 南安普敦。

馬特奧此舉並非只想擠進上流社會，他的全盤計劃相比 5 大家族的老闆們，要來得更加遠大和具有策略意義：從地下漸漸地浮上水面，慢慢洗白「黑錢」，過去打打殺殺攫取財富的非常手段，只能作為輔助工具，投資高科技研發產品來獲取財富，是今後的方向。

這天，從下午 4 點鐘開始，馬特奧的太太便布置起餐桌了。

就像往年那樣，馬特奧邀請集團的高層和家屬們，前來總部大院慶賀聖誕節。每年一度的聖誕晚宴，是教父對屬下全年的一次獎懲考核，個人的成績與各組的績效綁定在一起，獎懲激勵將落實到每一個人的身上。

餐廳內，20 人座位的大餐桌鋪著白色棉麻桌布，正中央放置著三盆一品紅，鮮花兩旁是兩具大型多頭銀燭臺，每個座位上鋪放著白色棉麻餐墊和餐巾，銀質長短刀叉共 3 套，4 種高低大小的水晶酒杯。

5 點 30 分左右，汽車一輛接一輛地開進大院，5 大家族的老闆們帶著太太和孩子，準時抵達總部大院。頓時，大院內歡聲笑語，女人和孩子嬉笑著被安排進入主樓邊的別墅，隊長則帶著骨幹去了另外一棟別墅，只有老闆和顧問們直接走進主樓內。

6 點鐘，晚宴開始。

馬特奧對部下說完致謝辭，拿起酒杯喝了一口紅酒，一眼瞥到祕書在門口張望，躊躇了一下，似乎考慮是否要進來。

馬特奧情知出現了狀況，不然祕書不會來打擾他。於是，他放下酒杯向門口走去。老闆們也都不約而同地向門口看過去，個個面露緊張之色。

只見祕書對馬特奧耳語著。漸漸地，馬特奧的臉色陰沉下來，雙眉緊蹙。臨了，他慍怒地罵了一句：「他媽的廢物一個！」然後，手一揮吩咐祕書：「讓他在書房等我。」

馬特奧走回餐桌，見下屬都看著他，便「哼」了一聲，重新拿起酒杯說：「來來來，派對繼續。」

　　掌管賭場生意的老闆弗蘭卡・羅馬諾，看著馬特奧斗膽地問道：「教父，一切都好嗎？沒什麼意外吧？」

　　「羅馬諾，你希望發生意外嗎？」馬特奧板起臉，不客氣地反問。隨即，又哈哈大笑道：「沒什麼大不了的，大家放鬆心情，繼續我們的聖誕派對。」

　　可事實上呢，馬特奧的心情糟透了。今天，他派親信安德烈・法拉利去執行跟蹤任務，結果以失敗而告終。這怎麼可能呢？被法拉利盯上的人，那絕對是甩不掉的，看來這個對手很強大啊！

　　馬特奧喝著紅酒，心裡思索著下一步的行動。

第 12 章

第 13 章

夜晚 11 點 50 分，距離徐麗麗即將遭遇意外的時間，還有 47 個小時 20 分鐘。

在平行時空科學研究所，徐黃河聯合「前時空」的徐長江，做好了一切實驗的前期準備。

眼見實驗已進入倒計時了，徐黃河來到徐麗麗的跟前，見妹妹坐在椅子上打瞌睡，便輕輕地拔掉她手臂上的針頭。

徐麗麗一下子驚醒了。

「小妹，我們要開始實驗了。」徐黃河說著，引導徐麗麗來到一座玻璃房前，微笑著解釋說：「那是一臺超高維度智慧機，你戴上這枚戒指，進去後躺在試驗床上就好。相信我，你不會有事兒的。」

徐麗麗當然相信哥哥了。徐黃河愛護她，超越了愛他自己，她從來都不會懷疑這點。眼下馬上就要開始實驗，她努力對抗著心中的恐懼，強迫自己露出微笑，向徐黃河保證道：「哥哥，我相信你！」

5 分鐘之後，「量子隱形傳送」實驗正式開始。

隨著超高維度智慧機器的轉動，徐麗麗緊閉雙眼屏住呼吸，等待著實驗的結果。

片刻之後，空間入口再一次接通，有一個聲音在呼喚她：

「徐麗麗小姐，你能聽見我說話嗎？」

徐麗麗睜開眼睛，驚恐地發現身邊圍著一圈陌生人，其中一個人像極了徐黃河。他的鼻尖左側也有一顆黑痣，脖子上的那條項鏈吊墜，跟她哥哥的一模一樣，也是一對白金婚戒。她哥哥戴著的那對白金婚戒，原本是她父母的，他們車禍去世後，她哥哥褪下父母手上的婚戒，用白金鏈子串起來戴在自己的脖子上，以此來紀念父母親。看來，此人應該就是徐長江了。

她心中暗自感嘆：「哥哥老了是這個模樣啊！」

站在徐長江右邊的幾個人，他們身穿白色制服個個相貌出眾，女人們披著一頭金色捲髮，身材妖嬈沒有一絲贅肉，男人們文質彬彬英俊瀟灑。她仔細一看，發現它們竟然全是機器人。

而左邊緊挨著徐長江站著的，應該是他的助手吉姆·斯佩曼。他像極哥哥的助手埃倫·斯佩曼，只是看上去年長一些而已。

徐麗麗仰面躺著，四肢卻無法挪動，心裡焦急萬分。她一雙機警的眼睛靈活地轉動著，發現屋子內擺滿各種儀器，斜對面的巨大螢幕上，鋪滿了她的臉部特寫，斷定自己已來到「前時空」，這裡一定就是徐長江的實驗室了。

一旁的吉姆臉上帶著驚喜，一直注視著徐麗麗，彷彿藝術家在觀賞自己的傑作。她，一個他成功製作的複製人，無疑是活生生的「徐美美」。

吉姆情不自禁地對徐麗麗打了一個響指，見她眨了眨眼

睛，便微笑地招呼道：「嗨，我叫吉姆·斯佩曼，我是徐長江的助手。」

「我叫徐麗麗，你可以叫我麗麗。」徐麗麗回答道。

吉姆拉起徐麗麗的手，輕輕地握了一下說：「歡迎你來到『前時空』！」此時此刻，徐長江的欣喜程度並不亞於吉姆。他的視線一刻也不曾離開徐麗麗，驚喜「美美」重生了，「妹妹」又回到自己的身旁，內心感慨萬千。然而，也就一瞬間的工夫，他清醒了。眼前不是他妹妹，她是「美美」的複製體。他不能感情用事。他們有許多試驗項目需要完成。

徐長江冷靜地看著徐麗麗，禮貌地自我介紹說：「你好，徐麗麗。我是徐長江，是主持這個實驗的科學家。時間相當緊迫，我們開始工作吧。」說著，他掃了一眼身邊的機器人，微笑著對徐麗麗說：「這些全是我的助手，互相介紹就留在以後吧。吉姆，讓我們開始吧。」

徐麗麗依然躺著無法動彈。她有些無奈地問道：「好的。請告訴我下一步該怎麼做？」

吉姆走上前，溫和地說道：「麗麗，現在你還無法走動，等檢查了你的身體狀況，我教你如何控制肢體活動。」

說完，吉姆便指揮機器人，首先測試徐美美的複製體，在接收了徐麗麗的意識轉移後，是否產生生理上的變化。

時間一分一秒地流逝。

徐麗麗置身於全透明的房間內，透明的牆上，顯示著她

的身體部位結構圖，包括大腦的實境圖像。她本能地閉上眼睛，不敢直視自己的器官，也受不了自己任由一群「帥男美女」擺布。

兩個小時之後，吉姆微笑著向徐長江匯報說：「徐，根據測試的數據顯示，麗麗的身體狀況正常。現在我要訓練她，怎樣掌握身體的平衡。」

徐長江聽了吉姆的話，一顆懸著的心放下了，立刻下達指令：「很好，請按照原計劃繼續試驗！」

吉姆耐心地指導著徐麗麗，經過一輪又一輪的檢測、收集數據和肢體訓練，她終於可以行走自如。她看著徐長江和吉姆，驚喜地說道：「我能走路了！」

徐長江和吉姆一陣欣喜，兩人相視而笑。

3 個小時一晃就過去了！

徐長江不禁深感遺憾。幾十年來，他堅持研究量子隱形傳送，就是夢想著有一天，能夠發現其他時空的親人。現在願望實現，他成功了！但是他和徐麗麗相聚的時間太短。他甚至來不及與她好好地交談。他多麼希望徐麗麗能再多待一會兒，哪怕一個小時也是好的，而且詹姆斯還沒來得及與她見面呢。

這邊的吉姆已經開始催促道：「徐，時間已到，麗麗必須離開了。」

徐麗麗望著徐長江，一點也不覺著生疏，感覺他就像哥哥徐黃河。她張開雙臂，給了徐長江一個大大的擁抱，從心底裡

由衷地感慨道：「謝謝你，徐長江。我們還會再見的，我相信。」

這個擁抱帶給徐長江無比的幸福感，一股暖意湧上他的心頭。他產生了一個新的奮鬥目標：延長徐麗麗留在「前時空」的時間！

正當實驗進行到尾聲的時候，史蒂夫等在科學研究所的接待室，內心焦急而不安，擔心實驗的結果不利於徐麗麗。他真想倒頭睡過去，醒來時等待他的，會是一個天大的好消息。然而他知道眼下不是時候，徐麗麗可能隨時都會需要他。

他強迫自己保持頭腦清醒的狀態，不加糖不加奶的濃咖啡，一杯一杯地往肚子裡灌，也顧不上多麼苦澀了。

他本想使用接待室的電腦，「Google」徐麗麗父母親的車禍案子，打開電腦剛要動手敲打鍵盤，手指卻突然停留在鍵盤上，擔心電腦被動過「手腳」，一旦自己輕舉妄動，向敵人暴露自己的意圖就前功盡棄了。但是他也不甘心就這麼乾坐著。忽然，他警惕地觀察起屋內的一桌一椅，暗自尋思道：這個房間說不定暗藏著竊密的工具。

這樣一想，他立刻行動起來，快速走到牆角邊，開始仔細查看每一件家具的旮旮旯旯，搜尋竊聽器和針孔攝像頭，連燈罩和電燈泡都不放過。針孔攝像頭因為體積小，隱蔽性能好，有利於監控敵對目標，是間諜常用的竊密工具。

他喜愛好萊塢間諜題材的電影，能列出一長串觀賞過的電影名單，像《007》、《間諜遊戲》、《諜中諜》、《諜影重重》、《颶

風營救》……

　　不過相比一味地以跑車、美女、高科技來耍酷的間諜片，史蒂夫酷愛《諜影重重》系列，特別欣賞特務傑森·伯恩的過人智慧。伯恩遇事冷靜不躁，尤其善於利用周圍的環境，以非同一般的感知能力和堅強的意志戰勝對手。

　　從目前態勢來看，他今天的表現還算不錯，活學活用了伯恩的特務能力，帶著麗麗逃脫跟蹤者。眼下，他感到自己明顯不足的地方，就是缺乏伯恩的格鬥能力。

　　好在小的時候，也是為了保護自己和徐麗麗不被同學霸凌，他練習過拳擊和格鬥空手道，還是三段黑色級別。這個運動習慣他一直延續至今，從來沒有間斷過，但凡工作上遇到麻煩，或者壓力大到透不過氣來的時候，只要去一趟拳擊館，與練習對手直接用拳擊、泰拳、跆拳道、柔道、柔術的技巧打鬥一番，壓力便會釋放出去。

　　憑他的身手與對手一對一格鬥，他倒是自信不會吃大虧。但是如果遇上幾個對手把他團團圍住的話，他是占不了上風的。所以避免與對手發生正面衝突，運用智慧贏得勝利，才是他的上上策。而且他擁有超記憶能力，比起伯恩的極端記憶喪失症，他具有比較多的優勢。

　　史蒂夫就這樣一邊在心裡盤算著，一邊像獵人一樣，搜尋可能隱藏竊聽器和針孔攝像頭的地方。有那麼一瞬間，他真想把地板也掘開來一探究竟，因為任他怎麼找，也沒發現任何蛛

絲馬跡。

　　難道是他的邏輯推理出錯了嗎？

　　他寧願相信自己的判斷是錯誤的。但直覺告訴他，內奸就隱藏在科學研究所裡，只是需要花些時間來證明而已。

第 13 章

第 14 章

凌晨 3 點。

一個史無前例的量子隱形傳送實驗，按照預定的時間，即將在平行時空科學研究所結束。徐黃河和埃倫守在超高維度智慧機旁，他們帶領 AAA 級別的實驗室助手們，等候著徐麗麗平安返回實驗室。

當徐麗麗睜開靈動的雙眼，一一打量著大家的時候，徐黃河看著她激動得猶如發現外星人。

埃倫也是興奮不已，竟然像個孩子似的拍手鼓掌，語無倫次地說：「麗麗，你可回來了，好極了！我們的實驗非常成功，真是太好了 ——」

徐黃河遞上一杯水，然後褪下徐麗麗手上的戒指，高興地說道：「來來來，你先喝口水放鬆一下。」說完，他終於因為太好奇，忍不住地問：「小妹，你沒有什麼要跟我說的嗎？當然，你應該累了，我們過一會兒再聊也可以。」

徐黃河看了看手中的戒指，其實妹妹在「前時空」的一言一行，他透過戒指傳來的訊息全都知道，卻還是想要聽她描述那兒的情況，畢竟這次實驗的意義非同尋常。

而此時此刻，徐麗麗的心裡只想著史蒂夫。自她有記憶以來，只有在得知父母親去世的時候，她哥哥滿臉絕望的樣子

讓她感受過無以名狀的恐懼。這恐懼感就像是一場噩夢，隱藏在她的內心深處，永遠無法泯滅。那時她還太幼小，父母去世得過於突然，平常他們又專注於工作，甚至沒有留下全家福的合影。

隨著時間的流逝，她與父母相處的生活片段，都已經模糊不清了。而奇怪的是，她越是想記住這些，留在腦海中的印象就越淡漠。有時候她會因此而產生負疚感。現在就連那一點點負疚，也因為埋怨父母和她相處的時間太短，不復存在了。

而今天，絕對是她出生以來最為驚心動魄的一天，史蒂夫沉著冷靜，機智地躲過了跟蹤者。她沒有絲毫的恐懼。而由實驗帶來的驚奇和感嘆，她無法用語言來形容。她隱隱地感覺到了，興許留在這個時空的時間不多，而生命的最後時光，她只想和史蒂夫一起度過，也只有他能了解自己內心的複雜情感。

所以她睜開眼睛，發現史蒂夫不在身邊，便看著徐黃河問道：「史蒂夫呢？」

「史蒂夫在接待室等你。等你完成了體檢，就能看見他了。」徐黃河微笑著回答。

徐麗麗聽了，略感安慰。她滿懷著心事，感覺又很疲乏，但是她的意識去了一趟「前時空」，這奇妙的旅程簡直太神奇了，便急於向她哥哥炫耀說：「哥，你不知道，我感覺好像做夢一樣，『前時空』的高科技可發達了。你，不是。我是說『前時空』的徐長江，他應該是 60 歲了。可是好奇怪呀，他看上去好

年輕，就像是 40 歲的人。」說著，便詳細敘述了「前時空」的所見所聞。

徐黃河傾聽著妹妹的描述，同時凝視著手上的戒指，心下暗想：「時間有限，必須馬上分析數據，盡快與徐長江互通訊息，安排第 2 次實驗。」

徐麗麗見哥哥沒有搭理她，便埋怨說：「徐黃河，你到底有沒有聽我說話呀？」

徐黃河連忙解釋道：「小妹，今晚 —— 哦，現在已經是早上了。考慮到你們的安全，你和史蒂夫就暫時留在這裡。我馬上聯絡 FBI，調查一下到底是誰在跟蹤你們。」

徐黃河一分鐘都不想耽擱，立刻對埃倫說：「你給小麗做一個常規體檢，我去通知史蒂夫。」說完，他再一次叮囑妹妹：「小麗，你在『前時空』的所見所聞，不要對任何人說，一定要保守祕密，這關乎你的生命安全。」

「我知道啦。」徐麗麗點頭道。

徐黃河卻暗想：唉，可憐的小妹！她什麼都不知道。

第 14 章

第 15 章

12 月 23 日上午 10 點，距離徐麗麗遇害的時間，只剩下 37 個小時。

馬上就到聖誕夜了，即便是大清早，曼哈頓第五大道上的商店櫥窗依然張燈結綵，流光溢彩的燈飾亮燦燦的，把整個街道渲染得特別溫馨。在濃厚的節日氛圍下，走在大街上，哪怕是擦肩而過的陌生人，也會微笑著相互問候一聲「Merry Christmas」。

史蒂夫卻感受不到一丁點的節日喜悅。

在第五大道 42 街的一座銅雕邊上，史蒂夫身穿一件深灰色滑雪衫，頭上頂著滑雪衫帽，站在銅雕旁不時地抬腕看錶。

徐黃河聽取了他的建議，安排徐麗麗在科學研究所休息，這兩天絕對不許她外出，並且要不動聲色地待在實驗室內，幫助徐黃河暗中尋找竊密工具和叛徒。而他則按照事先想好的計劃，喬裝改扮進行反偵察行動，第一站就是來到這裡。

上午 10 點整，紐約公共圖書館總部 —— 美國國家歷史地標建築蘇世民大廈準時向公眾開放。史蒂夫低著頭躲過監控攝像頭，一個箭步沿石階而上，混雜在幾個遊客中間，從大門的一側閃入圖書館。

圖書館內的羅斯閱覽室，面積有一個足球場這麼大，天花

板高達 16 公尺，拱形的大窗戶和一盞盞大吊燈，使閱覽室的環境寬敞明亮、舒適，許多著名作家和學者都會選擇來這裡進行部分工作。

此時的「羅斯閱覽室」顯得更大、更空曠，畢竟是聖誕節期間，人們都外出度假去了，絕大多數紐約人也都忙著過佳節，只有少數幾個遊客手裡拿著地圖，在裡頭邊走邊瀏覽，面對華麗的建築嘖嘖稱奇。

史蒂夫沒有去羅斯閱覽室，而是徑直朝「綜合研究部」走去。作為一名地道地道的紐約客，他很自豪自己居住的城市，擁有一座巨大的圖書館和閱覽室，館藏超過 4,300 萬件物品，涵蓋著無價的中世紀手稿、古代日本捲軸、當代小說、詩歌、報章雜誌、漫畫書……

紐約公共圖書館總部以其非凡的全面性，致力於提供免費、平等的資源和先進設施聞名全美。這要歸功於紐約州的州長山姆‧蒂爾登。

19 世紀下半葉，紐約已經超越巴黎的人口，並且迅速趕上全球人口最多的城市倫敦。幸運的是，這個蓬勃發展且有些傲慢的大都市明白，紐約要成為世界上最偉大的城市，其文化性必不可少，必須擁有一個最棒的圖書館。

1886 年，紐約州州長蒂爾登去世的時候，紐約已經有兩個主要的圖書館：阿斯特和萊諾克斯。但是以蒂爾登的標準來衡量，這兩個圖書館不免費為大眾開放，都不是真正意義上的公

共機構。

　　蒂爾登便把他的大部分財產大約是 240 萬美元，以信託基金的形式遺贈給紐約市 —— 建立一個公共圖書館和閱覽室。於是當年最傑出的圖書館專家約翰・畢林斯博士被任命為工程總指揮。他選擇了紐約人最喜愛的散步地點：第五大道的兩個街區 40 街和 42 街，作為建造圖書館的首選地點。

　　畢林斯確切地知道自己想要的是什麼。他把圖書館的設計構想，簡要地描繪在一張白紙上，瞬間便成為圖書館的早期藍圖。從 1897 年工程立項開始，經過 8 年的艱辛奮戰，一幢結構雄偉的地標性建築：外面沒有雄獅守護，卻能豐富人們內心的圖書館 —— 擁有傲人的巨大閱覽室，在 1911 年屹立在了曼哈頓的第五大道上。

　　由於建造這座圖書館的根基，是立足於服務廣大民眾的，因此圖書館的館藏資源的交付速度，也是世界上最快捷的。

　　在第二次世界大戰期間，為了部署海岸線的戰鬥力，盟軍軍事情報部門需要各國的地圖，「紐約公共圖書館總部」奉獻它的館藏地圖，為盟軍取得最後的勝利做出了不可磨滅的貢獻。

　　自從「紐約公共圖書館總部」落成之後，無數的美國民眾透過在其內閱讀美國歷史、地方歷史和家族史，找到具有價值的尋根線索，重新修復了他們的家譜，並且找到失散多年的親人。

　　因此，史蒂夫有理由相信，憑藉著圖書館豐富的館藏，根據他掌握的蛛絲馬跡，從徐麗麗父母的車禍案子打開缺口，首

先找出跟蹤者的身分，然後順藤摸瓜，弄清楚跟蹤他們的原因究竟是什麼應該有希望。

史蒂夫找了一個靠近門口的座位，在電腦上「Google」了徐麗麗父母的名字，一瞬間，搜尋詞條出現了：徐子昂，楊藝姍。

他仔細瀏覽了一下，總共有 5 名記者撰寫了車禍報導，他們分別來自不同的報社。綜合這些記者的報導內容，他對徐麗麗的家庭背景，有了一個更深層次的了解。

徐子昂和楊藝姍生長在上海，他們中學畢業先後去北大荒插隊，落戶在同一個生產建設兵團，兩人湊巧都被分配去牧場放牛羊，做起了放牛倌的工作。

他們渴望進入大學讀書，不甘心就此變成牧民，一輩子待在北大荒。於是兩人私下商議決定，搭檔起來一邊放牛羊，一邊輪流看書學習，互相討論學習上的難題。

夏天的時候，在放牧的大草原上，他們跑累了，便任由牛羊低頭吃著青草，兩人躺在綠油油的草地上，仰望天空，藍天、白雲、青草地和遍地的牛羊，談話內容總是從自身的處境，不由自主地延伸到宇宙的奧祕上來。

每當他們討論學問的時候，尤其是當誰也說服不了誰、激烈地爭辯到面紅耳赤的時候，總有調皮的牛羊逮著機會，一下子衝進農民的自留地，把人家辛辛苦苦種植的莊稼啃掉一大片。等農民發現後吵吵嚷嚷匯報兵團高層，他倆免不了被叫到辦公室，狠狠地挨一頓批評。即便如此，也阻擋不了他們學習

的熱情。

　　他們是非常幸運的，下鄉僅僅 3 年，便獲得了改變命運的機會！

　　1977 年中國恢復高考制度，徐子昂和楊藝姍考入清華大學。拆開入學通知書的那一刻，徐子昂站在大草原上，看了一眼遍地的牛羊，把羊鞭子往地上一扔，仰望藍天大聲吼道：我再也不要放牛羊了，這是我最後一天做牧羊人啦！

　　徐子昂的研究課題是量子力學，楊藝姍的專業是生物科學。大學的校園生活來之不易，他們無比珍惜讀書的機會，讀書期間非常刻苦努力。

　　4 年後，他們以優異的成績畢業，又一起遠赴普林斯頓大學，在各自的領域繼續攻讀，一直讀到博士後。

　　每天，他們騎著自行車，往返於公寓和大學實驗室，午飯空隙，常常漫步於校園的哥特式建築中，徜徉在濃濃的西洋文化氛圍裡。週末，他們結伴到小鎮外的大森林，去感受大自然的美妙，呼吸新鮮空氣、聆聽鳥鳴的歡叫聲。偶爾他們也會改善生活，去法國餐館 Lahiere 換一下口味，那可是愛因斯坦最喜歡的餐館。

　　愛因斯坦，是徐家走向科學道路的引路人，徐子昂選擇普林斯頓大學和這位科學大師不無關係。

　　1922 年，愛因斯坦應日本「改造社」的邀請，遠赴日本講學。他乘日本船「北野丸」出發的途中，11 月的一天上午抵達

上海。那天，瑞典駐上海總領事正式通知愛因斯坦，他獲得了1921 年的諾貝爾物理學獎。

上海的大學生們在南京路上，高高地抬起愛因斯坦向他歡呼致敬。在這群大學生中間，就有徐子昂的祖父徐盛迪 —— 上海復旦大學物理系的高材生，他立誓要像愛因斯坦那樣，獻身於物理科學研究。

然而當時的中國正處於動亂時期，大多數百姓連吃飽飯的願望都難以實現。徐盛迪想以科學救國的志向，因為缺乏研究經費而告吹。他只能面對現實，放棄夢想扛起家庭的經濟重擔，努力賺錢養家餬口。

1937 年，中國的抗日戰爭爆發了，上海「八‧一三」事變後，復旦大學被迫內遷，與同為私立大學的大夏大學合併，成為中國歷史上第一所聯合大學：設在廬山的稱為復旦大夏，而設在貴陽的則稱為第二聯合大學。不久，日軍進犯江西，復旦大學再次遷往重慶的北碚，直到一九四八年才遷返回上海。

徐子昂的父親徐立志非常幸運，像他祖父徐盛迪那樣，如願地進入復旦大學物理系。只可惜，徐立志大學畢業後，雄心勃勃地找了工作，準備大做一番事業的時候，結果是政治運動一個接一個。徐立志空有滿腔熱情，也像他父親一樣抱負落空，培養兒子成了他的生活目標。

由於徐子昂高中畢業的時候，文化大革命尚未結束，正值「讀書無用論」盛行之際，大學處於「停業整頓」的狀態。他不僅

無緣復旦大學，甚至要到北大荒去接受「貧下中農再教育」。

徐子昂無法在學校接受正規教育，於是從上小學開始，便在徐立志的輔導下系統地學習物理學。徐子昂把家中的藏書全都讀完了。他考上清華大學後，幾乎把圖書館裡所有的「廣義相對論」和「量子理論」的書籍研讀了一遍。

徐子昂站在父輩們的肩膀上，終於弄清楚了愛因斯坦來不及佐證的課題：廣義相對論和量子力學間相互並不自洽。如果要使二者統一起來，必須建立一個更大的理論框架。於是，「超弦理論」在數學物理界誕生了！

普林斯頓大學的高等研究院教授艾華·衛廷，是當代最偉大的數學物理學家，也是「超弦理論」和「量子場論」的頂尖專家。衛廷認為各種不同的粒子，不過是弦的不同震動模式而已，自然界所發生的一切相互作用包括物質和能量，都能用弦的分裂和結合來理解。在「超弦理論」的框架下，之前表面上不兼容的兩個最主要的物理學理論 ── 愛因斯坦廣義相對論和量子力學 ── 統一了起來，它們之間的漏洞被填補了，並欲創造出能夠描述整個宇宙的「萬物理論」。

衛廷成為研究「超弦理論」的先鋒者，更多年輕的物理學家投入到新的研究領域，徐子昂也被召喚而來，在衛廷的直接指導下進行研究。

徐子昂完成博士後的研究工作後，向各大學發送了履歷，接下來就是等待工作邀請。他對自己充滿信心。

　　那天，徐子昂和楊藝姍散步回家，電話鈴響了，是哥倫比亞大學物理系主任埃瑞克·阿倫斯教授：「徐，我要告訴你一個好消息，我們物理系的教授一致表決通過，決定邀請你加入我們的團隊，提供一個助理教授的職位給你。」

　　「太棒了。」徐子昂情不自禁，脫口而出。

　　「下面我們要討論的是，怎樣把你的獨立實驗室建立起來。我們希望你能在 8 月 1 號前答覆你是否接受這個職位。」

　　徐子昂馬上說道：「我現在就答覆你，我很高興接受這個職位！」阿倫斯遲疑了片刻，似乎對徐子昂的回答，一時還反應不過來。片刻之後才說：「徐，你要慎重考慮這件事情。你還不知道工作條件和待遇，是不是該利用這段時間考慮一下，來跟我們談判呢？」

　　徐子昂暗想：「能擁有一個獨立的實驗室 —— 量子理論實驗室，而且在哥倫比亞大學這樣的學術聖地，這已經是最好的工作條件和待遇，我還討價還價什麼呢？當然是好好準備面試，拿下這份工作邀請。」

　　他心裡很清楚，哥倫比亞大學物理系共有兩個助教職位，但是申請的博士後科學家就有 500 名，經過層層篩選，最後確定了 5 個人面試，真正是百裡挑一。

　　徐子昂過五關斬六將，在物理系大廳發表了 40 分鐘的學術報告，與 6 個教授一對一、進行了整整兩天的面談，終於拿到夢幻般的助教職位。

系主任阿倫斯感嘆地說：「徐，祝賀你，但願你能成為我們大學我們系的驕傲！」

　　徐子昂沒有辜負阿倫斯的期望，沿著愛因斯坦的足跡奮勇前行。他把自己的研究成果，結合妻子楊藝姍在生物學上的突破，產生了一個大膽的想法，使用量子理論定律製造一臺機器，根據需要，進行量子隱形傳送量子態訊息。

　　史蒂夫讀著記者們的報導，其中一個記者的報導結尾，引起了他的注意：「……非常遺憾，徐子昂和楊藝姍正著手製造一臺傳送物質或訊息的機器，在此關鍵時刻，一場致命車禍奪走了他們的生命，這項量子隱形傳送的研究被迫終止了！」

　　史蒂夫敏感地察覺到，徐子昂和楊藝杉的致命車禍，與他們製造的機器不無關係。如果是這樣的話，那個在聖約翰公墓的跟蹤者出現在徐子昂的車禍現場，絕不會那麼簡單，那場車禍很可能是謀殺。

　　他試圖從圖書館的電腦資料裡，調出記者們的採訪影片，以便確認跟蹤者的身分。同時，一個想法占據了他的腦海：按照邏輯推斷挖掘下去，事情好像越來越清晰了，跟蹤者似乎是衝著量子隱形傳送技術來的，那麼徐黃河也是他們的目標了。

　　「他們」是誰呢？

第 15 章

第 16 章

「昨天，兩個活生生的人被你跟丟掉！今天，你說他們不見了，難道從人間蒸發了嗎？！我問你，你說怎麼辦？」

馬特奧板著臉，凶殘的眼神告訴對方，搞砸事情就該受到懲罰。現在的問題是，要以什麼樣的方式懲罰此人。

在馬特奧面前恭恭敬敬站著的壯漢，濃眉大眼，一頭黑髮，他的名字叫安德烈·法拉利。他和馬特奧的關係非同一般。他倆是竹馬，而且他們的父輩就是好朋友。在這個犯罪集團內部，也只有法拉利可以直接聽命教父的指令，執行的通常是機密任務，像 14 年前的那場離奇車禍一樣。

那天傍晚，家住皇后區小奈坷的徐子昂，駕駛一輛豐田載著妻子楊藝姍在北方大道上，前往布朗高中去參加兒子的畢業典禮。

當車子行駛至曼哈塞特谷公園附近，突然失去控制似的飛速撞上一棵大樹，車子「嘭」的一聲劇烈爆炸，發出轟天巨響，刺眼的火光瞬間將整輛車燃起熊熊大火，零部件散落一地，有些飛到了幾十尺之外的地方，徐子昂和楊藝姍被困在車中，無法逃脫。

法拉利駕駛著 UPD 送貨車，就在車禍現場。見了這個慘烈的場面，掏出手機立刻撥打 911 急救中心。3 分鐘後，救援人

員趕到現場撲滅大火。徐子昂和楊藝姍被困在車內，人已燒成焦炭，根本無法辨認，後來是根據牙醫的資料，確定了他們的身分。

當年的法拉利尚未混出模樣，白天是 UPD 送包裹的小哥，晚上作為士兵（打手）在夜總會上班。就連馬特奧也沒有想到，法拉利第一次執行機密任務，就完成得如此漂亮。

法拉利利用休假跟蹤目標，瞅準時機，在徐子昂的本田車座底部安放了一顆定時炸彈。然後他駕駛送貨車，堂而皇之地盯梢，親眼確認目標被幹掉，又機智地利用貨車司機的身分，以目擊證人為掩護，接受了警方的調查和記者的採訪。

警方的調查還好對付，他們有些人的名字就在集團的薪水表上，而躲過記者的糾纏，是需要本事來巧妙應對的。

那時，約翰‧魯索還在監獄遙控家族的生意，法拉利這票生意幹得實在是漂亮，深受老教父的賞識。於是，法拉利便由士兵（打手）一躍晉升為隊長。

啟用法拉利去執行這項祕密任務，是馬特奧向老教父推薦的。這證明他善於用人，懂得什麼樣的人適合做什麼樣的事情，展現了作為領導者的風範，也因此功績在眾多兄弟中脫穎而出，奠定了日後成為集團掌門人的基石。

然而，法拉利此次的行動失利，興許是對方難以對付，增加了完成任務的難度。到底要不要懲罰他？

馬特奧陰沉著臉，在心裡權衡片刻，他還是決定教訓一下

他的竹馬。因為犯錯不懲罰，意味著建立功勞不獎勵，這違背他管理集團的理念。

「安迪，」馬特奧叫著法拉利的暱稱，低沉地說道，「你知道，我得懲罰你，除非你找到他們。你必須找到他們，因為這件事情尚未了結，我暫時免去對你的體罰，扣你30％績效獎金。你好自為之，將功補過吧。」

法拉利聽完教父的判決，鬆了一口氣，點頭之後退出房間，心頭不由得升起一股怨氣，是史蒂夫毀了他的名聲。「可惡的臭小子！」他罵道。

他一定要報仇雪恥。

第 16 章

第 17 章

「彼得，對不起。昨晚派對我沒來，家裡出了點事情需要我處理。」

史蒂夫從圖書館出來，在去皇后區小奈坷警察局的路上，在街邊的一個公用電話亭，打電話向彼得說明原因。

電話那頭，彼得關心地詢問道：「史蒂夫，你人在哪裡呀？需要我幫助嗎？」

「謝謝你！我想，我暫時不需要你幫助。」

明天就是聖誕夜，史蒂夫想抓緊時間去一次警局，調出徐子昂和楊藝姍的車禍案卷，把他發現的疑點探出個究竟來。

「好吧。那麼今晚的慈善晚宴你來嗎？」

經彼得這麼一提醒，史蒂夫想起來了，晚上在古根海姆美術館舉行慈善晚會，善款他早已交出去了，原本他們要去澳洲度蜜月，根本就沒有打算參加晚宴。現在徐麗麗不得不參與實驗，蜜月旅行取消了，儘管他不願意參加慈善晚宴，卻說不出拒絕的真正理由，只能敷衍說：「我盡量爭取過來。」

「那我等你。哦，對了，這不是你的手機呀。我打不通你的手機，你沒事吧？」彼得有些擔心地問。

史蒂夫馬上解釋說：「沒問題。我出來買牛奶，手機在家裡沒帶，我得走了。我們見面再聊。」

第 17 章

　　史蒂夫說完，掛了電話。他左右環顧，沒發現什麼異常情況，便攔下一輛計程車，朝皇后區小奈珂方向而去。

第 18 章

12 月 23 日上午 11 點，距離徐麗麗遭遇意外的時間，只剩下 36 個小時了。

「小麗，別擔心，一切盡在我們的掌控之中。」

徐黃河一面安慰妹妹，一面親自為她準備第 2 次實驗。昨晚，他和徐長江都沒有闔眼，兩人共同研究延長徐麗麗在「前時空」的方案，以應對可能會發生的最壞情況。

徐麗麗望著她哥哥專注的神情，心情極度沮喪，這種時候她不該待在實驗室的。她應該在某個地方度蜜月，享受人生最美好的時光。以她對史蒂夫的了解，那一定是極好的度假勝地，他們會非常快樂。

她坐在那裡越想越生氣，心裡的憤怒終於憋不住，一股腦兒地衝著哥哥發洩出來，簡直有些歇斯底里：「徐黃河，為什麼是我？我的不幸還不夠多嗎？上帝為什麼要這樣對我？這不公平。徐黃河，就該是我倒楣嗎？我從小沒爹沒娘，現在連我也活不了了。我不能接受這個事實，我無法接受。反正我不甘心，我不甘心！」

徐麗麗沮喪的情緒，抱怨上帝不公平，心中無法抑制的怒火，徐黃河當然能體會。他除了拚命工作，不曉得還能做些什麼。此時此刻，安慰的話語顯得空洞又乏力，所以，他默然無

語，什麼話都沒有說。

　　埃倫站在徐黃河的旁邊，正忙碌地做著準備工作，聽了徐麗麗的話心裡很不好受，便連忙勸說道：「小麗啊，這次你的意識去『前世空』，會和詹姆斯見面，你別擔心，徐長江會幫助你的。只要我們掌握徐美美出事那天她所有行蹤的一條時間線，我保證，你就不會發生意外了。」

　　徐麗麗聽夠了安慰的話語，又無法反駁他們。她心裡也明白，該做的事情，她哥哥全都做了，不能做的他也在盡力地做。她一味地發脾氣解決不了問題，便頹喪地嘆了口氣，唯有閉緊兩眼，聽憑哥哥和埃倫的擺布，配合他們進行第 2 次實驗。

　　當徐麗麗再一次睜開雙眼，第一眼見到的人，依然是年紀稍大的「徐黃河」。他和藹專注地看著她，那慈愛的眼神猶如一股暖流，流入徐麗麗枯竭的心田。她猜想，父親的愛大概也就這樣了吧。

　　吉姆則在一旁帶領「俊男美女」，給她做著各種體質測試，經過一陣緊張地忙碌，埃倫對徐長江說：「徐，可以了，所有的指標都完好。你們可以去見詹姆斯了。」

　　徐長江微笑著問道：「麗麗，你準備好了嗎？」

　　「嗯。我想 —— 我準備好了？」徐麗麗用盡全身的能量，就像上次埃倫訓練她的那樣，平穩地跨出一大步。興許她是注意力過於集中了，把來到「前時空」之前的沮喪和不快，全都拋在了腦後。

「吉姆，這裡我就交給你了。小麗，詹姆斯就在隔壁等你，我們走。」徐長江說著，帶領徐麗麗經過層層甬道，向科學研究所外面走去。

轉瞬間，她看見了一個未來世界。眼前掠過的是寧靜的街道，無人駕駛汽車在空中自由飛行。街上的風景也不一樣了，一棟棟風格迥異的摩天高樓，在綠蔭叢中鱗次櫛比。這裡依然還是曼哈頓，卻不像她居住時的那樣人聲鼎沸，車流穿梭，嘈雜異常。

徐麗麗望著眼前的景觀，嘴巴微張，不停地環顧四周，她簡直驚呆了。

他們剛走出科學研究所沒多遠，陣陣濃郁的咖啡香味，從街角的咖啡館飄散出來。徐長江在門口站定了，微笑著說道：「麗麗，我們到了。」

徐麗麗走進咖啡館，一股舒適的暖意向她襲來：店堂內迴蕩著悠揚的舒伯特小夜曲，燈光也能迎合她的情緒增減亮度調換色調，四周的牆面上，大螢幕播放著滾動新聞，以及世界各地的自然美景。咖啡機齊整地放在兩旁的櫃檯上，摩卡、拿鐵、卡布奇諾總有幾十種口味，從磨粉、壓粉、裝粉、沖泡和清除殘渣全過程都自動控制，櫃檯內蛋糕餅乾麵包五花十色應有盡有。

咖啡館內沒有店員看顧，只有一臺機器人在管理，室內的感測器就像「變色龍」一樣，只要顧客一走進店堂，便察言觀色

地討好他們。無論客人走到哪兒，都能感受量身打造的愜意，使人心神寧靜。

徐麗麗正好奇地觀察著，一個熟悉的男人的聲音，從她的身後傳了過來：「徐長江，你找我來幹什麼呀？你遲到3分鐘了，你知道我不喜歡等人。」

詹姆斯說著，從左邊靠窗的位子站起來，揮手招呼走近的徐長江。不經意間，他瞥了徐麗麗一眼。這一瞥，他怔住了。

這個女子分明是「徐美美」嘛！

是她，她就是「徐美美」。他呆呆地看著她轉過身來，她一雙眼睛含情脈脈，似有千言萬語要訴說。他看著徐麗麗說不出一句話。

徐長江早就預料會有這一幕，他不能浪費寶貴的時間，便急忙走過去說：「詹姆斯，我今天找你來，是她要採訪你。」說著，立刻為他們雙方介紹起來：「他是徐美美的丈夫，詹姆斯·李。她叫徐麗麗，是美國環球電視臺的實習記者。」

徐麗麗兩眼望著詹姆斯，徐長江說了些什麼，她根本就沒有聽見。詹姆斯長得太像史蒂夫了，他倆簡直是一個模子裡刻出來的，彷彿是一對雙胞胎兄弟。只是詹姆斯看上去更穩重，眼神更加憂鬱而已。他舉手投足溫文爾雅，頭髮和鬍子都精心修剪過。尤其是他那寬闊的肩膀，不知為什麼，令她有靠上去的衝動。

不過，她掩飾著自己的失態，連忙伸手微笑道：「您好，李

先生，很高興認識你。」

　　詹姆斯依舊沉浸在驚愕之中，根本沒有緩過神來，聽見了徐麗麗的問候，彷彿從夢中驚醒一般。他伸出右手，禮貌地握了一下她的手，然後優雅地兩手一擺，請徐麗麗和徐長江在餐桌旁坐下。

　　詹姆斯落座在他們的對面，眼神始終沒有離開過徐麗麗，心裡疑惑著：她不僅長得像徐美美，就連職業也和美美一樣，這也太不可思議了。

　　徐麗麗卻單刀直入地說：「李先生，我能稱呼您詹姆斯嗎？」

　　「當然。」

　　「謝謝，詹姆斯。那我就長話短說了。我想請你談一談，在你過往的生活經歷中，你印象最深刻的一件事情，可以嗎？」

　　詹姆斯專注地盯著徐麗麗，神情黯淡了下來，默不作聲。片刻，他很不自然地回答道：「我印象最深刻的事情，是我太太意外身亡。」心下卻暗想：她說話的聲音，一顰一笑都像極了美美，她們好似一對同卵雙胞胎，根本分不出有何區別。若說她是美美的話，斷不會稱呼自己「李先生」。

　　詹姆斯一副黯然神傷的表情，足以激發徐麗麗作為記者的本能。她決定刨根問底，便又繼續問道：「李先生，您願意說說，那起意外事件，到底是怎麼發生的嗎？」

　　詹姆斯眉頭緊鎖，欲言又止。

　　詹姆斯為難的表情，沒有逃過徐麗麗的火眼金睛，這激起了她的好奇心：詹姆斯和美美之間，究竟發生了怎樣的故事，會令他欲言又止？

　　「難道是因為您，徐美美才發生意外的嗎？」徐麗麗猜測著，拋出一個犀利的問題。

　　詹姆斯驟然改變了臉色。這是他內心的傷疤，誰都不能觸碰。他銳利的眼神盯著徐長江，又瞥了徐麗麗一眼，對她說了一聲「對不起」，站起來轉身就走。他的身後傳來徐長江的質問：「喂，詹姆斯，你還想逃避啊？你要逃避到什麼時候呢？」

　　詹姆斯不搭理徐長江，頭也不回，徑直離開咖啡館，坐上無人駕駛飛車，朝康州方向疾馳而去。

　　坐在回家的車上，徐麗麗的身影一直在他腦海閃現。她似乎非常了解他，富有挑戰的提問咄咄逼人。她到底是誰呀？

　　眼看快到家門口了，車子懸在半空中，詹姆斯猶豫著是否要返回咖啡館，去向徐長江探問個究竟？強烈的好奇心占據了他的所有思緒，弄清真相的衝動左右著他。他不再猶豫，重新設定車內的 GPS，掉頭向曼哈頓方向而去。

　　詹姆斯把徐長江約到咖啡館，一見面，便困惑地問道：「徐長江，徐麗麗到底是誰？她為什麼要採訪我？她和美美究竟是什麼關係啊？」

　　徐長江看著詹姆斯沒法回答，這個中的原委一下子是說不清楚的。徐麗麗因為採訪失敗，她的意識已經返回去了。沉默

片刻後，徐長江說道：「你想知道原委？那好，我讓徐麗麗明天去你家，你自己問她吧。」

　　詹姆斯一心想得知真相，聽了徐長江的話，立刻答應說：「好吧，請她不要遲到。」

第 18 章

第 19 章

　　紐約警察局 111th Precinct（第 111 分區），主要服務於皇后區的東北部，包括貝塞、道格拉斯、小奈珂、奧本代爾、新鮮草原和霍利斯山郡區。

　　史蒂夫走進警察局 111th Precinct，把一身疲憊隱藏在勉強的笑容之下，向值班警探遞上影印資料，做了一番簡單的自我介紹，然後說明了來意：「14 年前，我的岳父岳母因車禍去世，事故現場就發生在北方大道上，是你們分區處理的案子。我想了解一下具體情況。」

　　「天啊！你來的可不是時候，明天就是聖誕夜，大多數刑警都放假了，要不是一小時有 40 美金加班費，我也回家了。你明年再來吧，就等一個星期吧。」值班警探勸說著，低頭在身邊的櫃子裡翻找東西。

　　史蒂夫人失所望：「明年？我今天就想看到案宗。」

　　「對不起，我做不到。你看，外勤都出去辦案了，內勤就我們這幾個人，現在非常忙。」值班警探說著，遞給史蒂夫一張登記表：「你可以填一份申請，過了新年再來查看案宗。」

　　「如果這是一起謀殺案呢？我能看案宗嗎？」

　　「你有證據嗎？」

　　「沒有。我岳父岳母都是科學家，我懷疑他們被人暗殺。如

果今天我不能看到案宗，那麼請你告訴我這個人的背景，可以嗎？」

　　史蒂夫從帶來的一堆資料中，拿出一張影印的報紙遞給值班警探，耐著性子等待對方的反應。其實這篇報導他已經倒背如流，連標點符號都記下了。他本想顯示一下自己的超凡記憶力。但是他轉而又一想，儘管警察拿著納稅人的錢，本該幫助納稅人做事情，卻不怎麼喜歡自作聰明的人。他想想還是低調一點為妙。他上網「Google」過跟蹤者，苦於沒有姓名地址，找不到其他對應的線索，便希望從警察的訊息網，找出此人的背景訊息。

　　值班警探伸手接過影印件，仔細地閱讀起來。片刻，他抬頭看著史蒂夫說：「對你岳父母的遭遇，我感到很遺憾。不過調查本案的刑警今天都不在，我沒有權力查看案卷。我唯一能做的，就是等他們來上班，把你的申請親手交給他們。請你諒解！」

　　史蒂夫似乎也猜到會是這個結果，在他看來警察局裡大多是混飯吃的蠢貨，就像眼前的這位值班警探，只會接待來客，收發申請表格，依靠這些懶漢一年能破幾個案子？納稅人的錢全是用來養蠢貨的。

　　這樣一想，史蒂夫心裡火起，臉色立刻變了。

　　這樣的場面值班警探見慣了，絲毫不覺得奇怪。他蹺起二郎腿，身體靠在椅背上，眼睛 45 度看向天花板，從鼻子裡哼出

一句：「不是每個凶殺案，都能找到凶手的。」

　　史蒂夫心裡惦記著徐麗麗，又著急查出跟蹤者的身分，耐著性子等到此時，見值班警探這副德行，暴脾氣忍不住就要爆發了。他強壓住火氣，提高了嗓門說道：「你以為我是蠢貨嗎？借用 FBI『清除率』的術語，今天全美凶殺案的『清除率』是64％，美國起碼有三分之一的凶殺案，根本就無法找到凶手。」

　　史蒂夫的話音剛落，值班警探立刻放下二郎腿，身體前傾，頗感興趣地說道：「喲，看樣子，你是做了功課過來的。」心下暗想：我就不信你比我還清楚。局裡的凶殺案偵探說起過，公眾並沒有意識到，近幾十年來「清除」謀殺案變得更加困難。現在對嫌疑人指控的標準太高了，現在的檢察官要求警方提供「開閉案件」（Open-and-Shut Cases）── 也就是事實非常清楚，易於證明或決定的法律案件，這導致了快速辯訴的交易。

　　史蒂夫明白警局不同於交易廳，僅靠耍橫無濟於事，還會犯大忌惹禍上身。他得運用和發揮自己的高智商，盡快達到自己的目的結束談話。於是他接住對方的話，調整了說話的語調：「長官大人，我肯定做足功課來的。你也知道，現實的情況比數字更糟糕。我剛才說的『清除』比率，並不等於給嫌疑犯定罪。如果嫌疑人已經死了，就沒有辦法確定罪犯了。」

　　值班警探下意識地點頭贊同，畢竟是吃警察這碗飯的，這些起碼的數據他還是知道的。當前，依靠 DNA 分析等新技術，破案率相比過去已大幅提高。但是警察的形象呢，反倒大不如

前，原因在於警察與公眾之間不斷惡化的關係。

眼下正是維護形象的良好時機，他坐直身子對史蒂夫說：「你的數據可能是對的，根據犯罪學家的估計，自 1960 年代以來，至少有 20 萬宗謀殺案未能告破。既然你懷疑岳父母被謀殺了，我希望你能找到凶手。把你的申請表格給我，我查查看是否有其他結果。我們都不該放棄。」

「我絕對相信你能幫助我。」史蒂夫遞上填完的表格，順便恭維了一句，只想快點拿到想要的訊息。

值班警探微笑道：「你倒是一個明白人，我不瞞你說，案子不好破的一部分原因，是少數族裔社區的潛在證人，他們不情願出庭作證，我們就難以識別嫌疑人。」說著，他靠近電腦開始工作。

史蒂夫見值班警探在忙碌，原本想借用桌上的電話，打給徐黃河通報一聲平安。但是他轉念又一想，徐子昂和楊藝姍的案子到現在還沒有破，說不定在警察局的內部埋伏著威脅，他不能放鬆警惕。警察以國家的名義，幹出殺人滅口的勾當，可以出現在《諜影重重》的情節裡，也會反映在現實生活中。因為他在記者的調查報告裡，發現了一個令人困惑的事實：一些汽車專家指出，豐田車在設計方面安全性能提高了許多，就算以高速被撞毀，也很少出現起火的狀況。汽車在撞到大樹後竟然爆炸起火，令人懷疑事件並非意外。

而紐約警方和 FBI 對記者的懷疑，卻泰然處之。紐約警方

表示，他們對車禍展開了全面調查，從對車禍現場的勘查來分析，這場車禍應該是一次「意外事故」，並無任何可疑之處。

小奈珂的地方小報──《時事小奈珂》的記者認為，徐子昂和楊藝姍之死，沒有證據證明是一場陰謀。如果說這場事故完全正常，同樣也會令人感到頗為蹊蹺。

史蒂夫就是綜合了這些情況，按照常識推理得出結論，這是人為製造的一場車禍，目的是為了掩蓋真相！而頗為惱人的是，車禍背後的真相隱藏在煙幕後面，他能夠感覺到卻看不清楚，心裡那個著急啊！

值班警探看著史蒂夫，有些得意地笑道：「史蒂夫，你來看，這大概就是你要找的人。」說著，順勢把電腦螢幕推向史蒂夫。

史蒂夫湊上前去一看，螢幕上顯現出來的頭像是紐約警察局的嫌疑犯照片，一張正面，一張側面，此人正是車禍現場接受記者採訪的傢伙，是跟蹤他和徐麗麗的人。他再仔細一瞅，發現這個人的名字叫安德烈‧法拉利，當年接受記者採訪的時候，是 UPD 公司遞送郵包的司機。史蒂夫覺得很奇怪，值班警探僅憑他提供的影印件，就能找到法拉利的訊息。他好奇地問道：「這個人在監獄裡嗎？」

值班警探推開電腦，搖了搖頭感嘆道：「法拉利的背景很厲害。他是馬特奧家族的人。6 年前，他在機場因為傷人罪被捕，幾個小時後，律師把他給弄出去了。」

　　史蒂夫一怔，驚訝地問道：「你確定嗎？法拉利是馬特奧的人？你指的是教父馬特奧‧魯索？」

　　「這還有假？當然，你是不會知道的。怎麼啦？法拉利與你岳父母的車禍案有關嗎？」值班警探好奇地反問史蒂夫。

　　「沒有。不是的 —— 這份報紙上明明白白寫著，法拉利只是一個送貨司機，他不可能是馬特奧的人。」

　　值班警探一臉的不屑，似乎逮著了教訓史蒂夫的機會：「我說你不懂吧，你好像還不服氣。送貨司機是什麼？那是掩護黑手黨的職業。你總該知道 UPD 是一家大公司，工人們都受到工會的保護。工會是誰控制的？大部分是黑手黨控制的。你明白了吧？」

　　史蒂夫驚訝得張大了嘴，隨及微笑著點點頭，一副受益匪淺的表情，內心卻是暗潮洶湧。這一趟警察局他沒有白來，隱約嗅到了藏在煙幕後的真相的味道，頗有撥開迷霧的成就感，為揭開真相打開了缺口。

　　他感激地對值班警探說：「原來是這樣啊，謝謝你！我就說你會幫到我。我不打擾你了，我們後會有期！」說著，轉身就朝門外走去。

　　「你再待一會兒嘛，時間還早呢。」值班警察挽留著，反正他閒著無聊，正好可以解悶。

　　史蒂夫擺擺手，頭也沒回，堅定地向門外走去。

第 20 章

　　「黃河，小麗怎麼樣了？她情緒還好嗎？」史蒂夫站在警局附近的電話亭內，說著生疏的中文，向電話那頭的徐黃河詢問徐麗麗的情況。

　　徐黃河按照他們事先的約定，用中文回答說：「她還好。」

　　「我今晚有個慈善晚會，我必須去參加。你告訴小麗千萬別任性，乖乖待在你那裡，我辦完事情就回來。你懂我意思的。」

　　史蒂夫謹慎地選擇著合適的字眼，也不敢詢問第 2 次實驗的情況，擔心自己在電話裡洩露重要訊息，把他們姐弟置於危險的境地。

　　徐黃河機智地回應道：「史蒂夫，你放心，你的意思我明白。」他馬上要為妹妹準備第 3 次實驗，因此無奈地說：「你懂的，因為時間不夠，他們還沒有碰面。我不能跟你多說了，我還有重要的事情。」

　　「好的，你們多保重！我們隨時聯絡。」史蒂夫說完，掛斷電話。他明白「他們還沒有碰面」的含義，也就是「徐麗麗和詹姆斯尚未見面」。

　　時間非常緊迫，已經是下午兩點了，他不由得重新梳理起整件事情的脈絡，以便開始下一步行動。

　　他覺得自己很了不起。在過去的 27 個小時裡，他調查清

楚了跟蹤者的身分 —— 安德烈‧法拉利，此人是黑手黨教父馬特奧的人。由此可以推斷所謂的車禍，十有八九是預謀的殺人案。他可以大膽斷定，馬特奧盯上徐子昂和楊藝姍，是衝著他們的研究項目來的，很可能要逼迫他倆交出科學研究成果，但他們沒有服從，結果「被」車禍暗殺，殺手就是留在現場確認結果的「司機」法拉利。

然而法拉利跟蹤他和徐麗麗，究竟是衝著他，還是徐麗麗參與的科學試驗 —— 由徐黃河所主導的量子隱性傳送？

接下來，他該怎麼辦？很顯然的，以他個人的力量是不可能阻止黑手黨追蹤的，只有國家的力量能夠與之抗衡，從而保護妻子的生命安全。不過他不相信紐約警察，FBI 也不是那麼完全可信，不然徐子昂和楊藝姍的車禍案，不會沉寂了 14 年，到現在都找不到凶手。

當然，並非所有警察和 FBI 特務都是蛀蟲，問題是他不知道應該去相信誰。而且在缺乏證據的情況下，全靠邏輯推理獲得的結論，誰又願意相信他呢？

他內心焦慮不安，站在十字路口的電話亭旁，徬徨了。

第 21 章

　　馬特奧靠在書房的椅背上，正聽著他的顧問匯報工作，此時桌上的手機鈴響了。他拿起手機瞥了一眼，然後按下接聽鍵說：「嗯，你說吧，我聽著呢。」他右手玩弄著手中的鋼筆，兩眼卻盯著他的顧問，臉色漸漸地陰沉下來。

　　「你說什麼？」馬特奧突然提高聲音，玩弄鋼筆的手頓住了，顯然是聽到極壞的消息。他挺直了身子問道：「你確定嗎？」

　　片刻，馬特奧聽完電話匯報，按下 Power 鍵掛斷手機，但是手機並沒有放回桌上，而是點開相簿收藏，倏忽之間，便閃到了他的顧問身旁。他湊近屬下的耳朵，指著相簿裡的兩個頭像說：「他，還有他，馬上做掉，你明白嗎？記住，不許有閃失，必須乾淨俐落。」

　　「教父，你確定嗎？」顧問壓低聲音，小心翼翼地問了一句。

　　「嗯。他已經暴露，我們沒有選擇，你去吧。」

　　馬特奧見他的顧問關門走出書房，便按響桌旁的電鈴，祕書馬上推門進來了。他聲音低沉地吩咐道：「給我準備兩百萬美金。」

　　「教父，是準備現金嗎？」祕書問。

「他媽的，不是現金，難道是金條嗎？」

馬特奧深沉富有力量的男中音，原本聽著悅耳溫暖直抵人心，卻因為憤怒變了腔調，猶如遠古之靈的嚎叫，恐怖得令人窒息。

「是，我這就去辦。」祕書畢恭畢敬答應著退出房間。以他伺候馬特奧多年的經驗便可知曉，又發生重大事件了，這種時候最好閉嘴，把吩咐下來的事情做好。

第 22 章

　　徐麗麗聽從史蒂夫的勸說，留在科學研究所的實驗室，沒有跨出大門半步。第 2 次試驗結束後，她躺在休息室的床上休息，等待著徐黃河的安排。

　　在過去的 29 個小時裡，徐黃河聯合「前時空」進行了兩次科學實驗 —— 量子隱性傳送，創下了人類的歷史奇蹟。但是由於時間緊迫，徐麗麗的意識停留「前時空」的時間有限，徐美美出事那天的時間線，她還來不及去調查。聽她哥哥說，這是一個必須攻克的科學難關，也是一個系統性的工程。

　　下午 5 點整，距離徐美美發生意外的時間，只剩 31 個小時。

　　徐黃河和埃倫幾乎沒有睡覺，他們聯合「前時空」的徐長江，決定進行第 3 次量子隱性傳送試驗，延長徐麗麗在「前時空」的時間。

　　下午 5 點整，徐麗麗的意識再次被傳送到「前時空」。這一回，她經過體能和數據檢測後，因為有了前兩次的經驗，很快便能熟練而從容地行走了。

　　徐長江帶著徐麗麗，坐上無人駕駛飛車，漸漸地遠離曼哈頓的摩天高樓，向著康州方向開去。

　　夕陽西下，大街上一棟棟錯落有致的小洋樓，被天邊的晚霞染成了紅色，掩映在繁茂的灌木叢中。片刻，飛車停在一

幢紅磚綠瓦的洋房前，前庭諾大的草坪，從大路一直延伸至大門邊，道路兩旁是修剪整齊的冬青，與周邊設計新穎的樓房相比，這幢小洋樓顯得有些格格不入，顯得很破舊，並且已經過時了。

徐麗麗站在庭院旁，驚異地發現，這分明是她和史蒂夫共同打造的「家園」，時間彷彿靜止了：門前挺立著兩棵鳳尾樹，一串風鈴掛在屋外的檐廊上，是她用硬碟磁片製作的，送給史蒂夫 20 歲的生日禮物。

不過待她走近細看的時候，連接磁盤的尼龍繩經過風吹雨淋，已由鮮紅蛻變成暗紅色。她瞪大了眼睛，看著徐長江說不出話。

「你是想說這是你的家，風鈴是你做的？」徐長江替代徐麗麗，說出了她的疑問。未等她做出反應，徐長江肯定地說道：「這串風鈴是美美送給詹姆斯的生日禮物。自從美美去世以後，詹姆斯一直很自責，幾乎與朋友斷絕了往來。他堅持住在老房子裡，房間的擺設還是原來的樣子。」說著，他走到門前，門自動地打開了。

詹姆斯坐在書房的沙發上，從監控器的螢光屏上看見他們，便透過電子遠程控制打開房門，來到客廳招呼他們：「你們好，請進。」

徐麗麗走進客廳，環顧四周，沒有一點陌生感，很自然地坐在了沙發上。她撫摸著老舊的沙發和茶几，抬眼望去，音

響、落地燈、花瓶、光碟架子全是她熟悉的，只不過陳舊一些而已。

她正環顧客廳的擺設，詹姆斯端著一杯加了檸檬片的「伯爵茶」，擺上了茶几。

「請喝茶。」詹姆斯客氣地說。

「謝謝。」徐麗麗端起杯子，聞了聞杯中的茶香，只覺清香宜人，遂輕輕地啜了一口，便放下茶杯。她拿出手機按下錄音鍵，然後看著詹姆斯，語氣溫柔地像個小女人：「我可以採訪您了嗎？」

詹姆斯注視著徐麗麗，她喝茶的模樣像極了美美，便忍不住地反問道：「你為什麼要採訪我？請給我一個理由。否則我還是會拒絕你的。」

「對不起。我不想打探您的隱私，因為您的回憶對我非常重要，這關乎我的生命安全。」情急中，徐麗麗忘了自己的記者身分，竟在採訪中，下意識地摻雜了個人的私事。

徐長江連忙補充說：「詹姆斯，今天徐麗麗採訪你，你能保密嗎？」

「當然。」詹姆斯渴望知道徐麗麗是誰，為什麼她長得和徐美美一模一樣。

聽見詹姆斯的許諾，徐長江鬆了一口氣，然後坐在詹姆斯對面，向他說明徐麗麗的真實身分。

詹姆斯聽著聽著，一臉疑惑地看著徐麗麗，心下暗想：「她

是徐美美的複製體？這怎麼可能呢？只有在科幻電影裡，才會出現這樣的情景。」

詹姆斯臉上的異樣表情，徐長江覺察到了。正如他預料的那樣，即使再聰明的人，也無法一下子接受眼前發生的事情。徐麗麗生活的時空，原本應該緊隨「前時空」的時間線，按部就班一點點地向前行進，這是地球上兩個時空同時運行的大趨勢。

這就像熱力學的理論所闡述的：在多粒子系統中，單個粒子的運動無法描述，但是大量粒子的運動是可以非常精確描述的。這就好像以百兆計算的人口數量，前提是達到了統計學的數量級。這種時候如果預測一個人或者少數人的未來是沒有可能的，但對於達到百兆數量級的人類社會動向，則完全能透過統計科學的計算，預知未來各國的經濟、國界、兵力、人口數量，以及即將發生的事件。

也就是說，時空運行的大趨勢是不會改變的，但是中間如果出現了變異，就像這兩天他聯合徐黃河，把徐麗麗的意識傳送到「前時空」來，相當於人為干擾了她那個時空的正常運行。不過這起小的「變異」事件，還不足以改變大趨勢。但是未來如果她生活的時空人為干擾過度，出現「大變異」事件，就必須進行人為糾正，整個時空的運行才會重返到大趨勢中來。

這都是他和徐黃河的思想實驗，至於未來那些變異事件究竟怎樣影響大趨勢，只能等待事態的發展程度了……

徐長江看著詹姆斯，想要對他解釋這些原理，可是徐麗麗

留在這裡的時間有限，便只能簡要地說明情況：「詹姆斯，你現在知道了。麗麗和美美的關係很微妙，現在的問題是，美美28年前發生的意外，在28年後的相同時間，也將發生在麗麗的身上。她採訪你的目的，是想知道美美意外發生之前的時間線，避免意外再次發生。時間緊迫，你能告訴我們，這起意外是怎麼發生的嗎？」

詹姆斯聽了一怔。如果情況真的像徐長江描述的那樣，過去發生的那起事件，對徐麗麗可能會有幫助。他不再猶豫了，緩緩地講述了他不願面對的往事：

2019年12月22日星期天，我和美美在市政廳領取了結婚證，然後我們去聖約翰公墓，祭奠父母親，把結婚的好消息告訴他們。我預定了聖誕夜去雪梨度蜜月，在去度蜜月之前，我們倆還要去上班。12月23日，也就是婚後第2天，我去參加每年一度最大規模的慈善晚會，本來美美答應我一起去的，結果她沒去成，說是有一個採訪任務。

我有些生氣，在派對上悶悶不樂，喝了一些威士忌，待了一會兒覺得沒意思，抬腕看錶已經晚上8點47分，就想早點回家去。本來我已經有點醉了，走到門口的時候，被我的女祕書海倫給纏上，半醉半醒地去了賓館，做了對不起美美的事情。

酒醒之後我很羞憤，何況還在新婚蜜月之際，感覺被人給玩弄了，便警告海倫，不要糾纏我，如果再發生類似的情況，我就報警。

海倫卻威脅我說，她暗戀我很久了，只要我敢報警，就把我出軌的事情告訴美美，還打開影片給我看，她和我在床上的鬼模樣。

我豈能任由女人擺布？

當天晚上，我毫不猶豫地駭客侵入海倫的電腦，想把那段影片毀掉。但無意中發現，她是一個國際邪惡組織的成員，正進行一項破壞科學研究的勾當，目的是控制全球金融界，她的組織便可漁翁獲利。我恍然大悟。海倫接近我，絕不是暗戀我，而是利用我在金融界的影響和能力，企圖要挾我配合他們的行動，所以才拍下影片，達到控制我的目的。

獲知這一情況後，我首先考慮的是美美的安全。美美是一名記者，經她手的任何事情只要露出一點蛛絲馬跡，她都會順藤摸瓜刨根問底。

因此，我迅速制定了兩個計劃，一方面故意疏遠美美，免得她遭遇不測。另一方面與海倫周旋，假裝與她親熱，使她的計謀落空。結果美美誤會了我，以為我移情別戀，取消了雪梨的蜜月旅行。

在跨年晚會上，海倫一看見我，便尋找機會糾纏我。我擔心被美美發現，千方百計躲避海倫，可是意外還是發生了。海倫糾纏我的場面被美美撞見，她一氣之下轉身離去，下樓梯的時候不小心踏空一格，身體向下翻滾下去。這時大家正看著電視螢幕，與紐約時代廣場一起倒計新年來臨：「8，7，6、

5……」

美美被及時送進醫院，因為是額頭先著地，她的脖子摔斷了，最後——

說到此，詹姆斯停頓了。他抬頭看著徐長江，站起來，彎腰向他鞠了一躬，面帶愧疚地說：「對不起，長江，我沒有照顧好美美。」

徐長江感到相當震驚。

美美遭遇意外的背後故事，今天詹姆斯要是不說出來，他可能一輩子都不會知道。現在他理解詹姆斯了，28 年來緘口不談那次意外。其實他早就原諒詹姆斯了。當下的人都活在現在和未來，唯獨詹姆斯活在過去，他把自己關在「心」造的監獄裡，像給自己判了無期徒刑，直到今天還在懲罰自己。

他也更加擔心徐麗麗了，原本平行運行的兩個時空，一前一後，是不該出現交叉點的。然而剛才聽了詹姆斯的話，發現麗麗和美美的時間線，有時候重疊交叉，有的時候平行向前，印證了他和徐黃河的思想實驗——由於人為的干擾，出現了「變異」事件。徐麗麗和史蒂夫在墓地被人跟蹤，就是典型的「變異」插曲。

而徐麗麗聽了詹姆斯的敘述，反倒稍感安心，發生在徐美美身上的事情，並沒有像她哥哥描述的那樣，在她的身上複製一遍。也只有他們結婚的那天，她和史蒂夫去聖約翰墓地祭拜

父母，確實和徐美美是重疊的。這究竟是什麼狀況呢？她不由得在心裡產生了疑慮。

但是徐長江卻焦急地說：「詹姆斯，你不必再糾結過去了。現在我需要你回憶一下，在那個特殊的 12 月，你和美美在一起的時間、地點，以及接觸了哪些人，都羅列出來，最好能精確到分、秒。」

徐長江話音剛落，徐麗麗之前的恐懼感又回來了。今天恰巧是 12 月 23 日，28 年前詹姆斯去參加慈善晚會，史蒂夫今晚也會去的。這是她哥哥給她輸液的時候，為了讓她安心參與第 3 次試驗，證明史蒂夫很安全，晚上還會參加慈善晚宴。這件事情又與詹姆斯是重疊的，只是時間還沒有到，尚未發生而已。

而且她已經預先知道：12 月 31 日，她就要意外身亡！這本是天機，不可洩露！

絕望中，徐麗麗想起臨行前她哥哥說過的話，便連忙請求道：「詹姆斯，如果可以的話，請您把徐美美的時間線，給我列出來好嗎？」她的聲音帶著哭腔，就差把「我不想死」給說出來了。

詹姆斯看了看徐麗麗，又瞧了瞧徐長江，露出好奇的眼神。

徐長江本想解釋說：「詹姆斯，將清美美的時間線相當重要。一個不同的決定，不管是大是小，由於時間線改變了，一個接著一個的時刻、一個接著一個的選擇，所有的事情都會變得不同。通常人們不知道事情會發生變化，因為他們根本就不

記得了。幸好，你記憶力超群，你記得。」

　　但是還未等他開口，埃倫的全息影像出現了，焦急地對他說：「長江，麗麗時間不多，她必須回去了。」

　　徐長江不得不站起來說：「麗麗，我們得走了。詹姆斯，我會告訴你所有一切，請等我的訊息。請原諒你自己吧，不要再把自己關在『心牢』了。」

　　詹姆斯在疑惑中，目送他們離開。

　　……

第 22 章

第 23 章

在紐約的古根海姆美術館，正舉行每年一度最大規模的慈善晚宴，紅地毯從遠處的街道一路鋪向大門口，道路兩側記者們架起「長槍短炮」，捕捉著眼熟的採訪對象。

從豪車上陸續走下盛裝出席的各界名流，他們中有華爾街銀行家、身分高貴的名媛，還包括好萊塢巨星、體育界明星和時裝界的巨頭，可謂群星璀璨。

今晚，這些社會菁英聚集於此，為「人類幹細胞基金」捐贈款項，單張入場券就要 10 萬美元，一桌酒席起價 100 萬美元，相當昂貴。

眼看 2019 年即將成為歷史，2020 年漸漸逼近，這些億萬富豪真是悲喜交集，稱 2019 年為百年一遇的年分 —— 美國國會通過了一項法令，只要在年內去世，富豪們的巨額財產便可全部留給後代，政府無權「奪走」一分一毫。

然而富豪們卻無法歡天喜地，反而感到極度悲哀。因為保證財產不被政府「盤剝」的前提，得趕在 12 月 31 日之前死去。於是他們見了面便互相調侃：「他媽的，要是那天老子躺在病床上，得把渾身的管子全拔掉，去趕赴死期，我的子孫後代才能繼承全部財產？」

「去他媽的政府！我偏不交稅。」

可以說在這個世界上，沒有人情願把辛苦賺來的錢，交給政府去隨意支配，這是人性使然。所以歐美國家的政府制定了嚴厲的稅法，尤其是美國的稅法相當複雜，法律條款繁多，其中的細則更是數不勝數，交付遺產稅被視為天經地義。英國人稱遺產稅為「逝者之責」（Death Duties），而美國人則稱遺產稅為「死人稅」（Death Tax）。

富豪們面對政府的「苛捐雜稅」，自有一套「逃稅」的方法。他們聘請頂級稅法律師、會計師和金融分析師，去尋找法律的灰色地帶，善用「合法」途徑委託華爾街投行，透過掉期交易度身定做股權收益掉期合約，來免交政府高昂的稅額，多則「合法逃稅」5,000 萬美元，少則 1,000 萬美元。因為股權收益掉期合約不是證券，完全不受任何監管，也不必向任何人披露，包括權力大過總統的稅務局。

頂級富豪們捐贈巨額財富 —— 設立慈善基金，也是不願意「被」交稅的合法「避稅」途徑。他們選擇自認為最需要關注的領域，展開慈善捐款活動。

像今夜的慈善晚宴組織者 —— 美國的頂級富豪詹森家族，在 19 世紀末，設立了一個家族慈善基金，規模高達 38 億美元，是當年規模最大、操作最透明的私人基金，主要目的是在全球範圍內提高醫療保健水準。

詹森基金隸屬非經營性私人基金，這是美國國稅局（IRS）特別給富豪制定的一條稅法條例 —— 501c（3）條款。按照 501c

(3) 條款，富豪建立的非經營性私人基金可以完全免稅。為了保持慈善基金合法免稅的資格，詹森基金會每年至少捐出其資產的 5%，也就是說，每年起碼得捐獻兩億美元。

但是話又說回來了，任何舉動都不會是無緣無故的，背後總有潛在的動機，列維·詹森也不例外。

詹森基金的創始人列維·詹森，是伴隨第二次工業革命興起而暴發致富的企業家，詹森製藥創立於 1850 年。

早期的詹森製藥是以生產化工產品為主的化學品公司，藥物製作只是公司經營範圍之內的一個分支。1861 年美國南北戰爭爆發了，這就給了詹森公司發展的絕好時機。在戰爭中，詹森向北方軍提供了大量的藥品，公司隨著戰爭的進展而迅速發展，成為全美規模較大的化學品生產企業。

南北戰爭結束後，詹森製藥的主要產品是檸檬酸，直到 1928 年亞歷山大·弗萊明發現青黴素，公司便介入了抗生素的生產，企業的重心也逐漸轉移至抗生素領域。在長達 10 年的時間裡，詹森製藥對發酵工藝進行了深入研究，成為發酵技術的先驅者之一。

1939 年，第二次世界大戰爆發了，這又給詹森製藥一次發展的良機。

成功，是留給有準備的企業家的！

當年，詹森製藥是唯一使用發酵技術來生產青黴素的企業，不僅產量極高，而且生產成本低廉。在整個二戰期間，詹

森向美國軍方提供了大量相對廉價的青黴素，公司也利用這次機會飛速擴張。

第二次世界大戰結束後，詹森製藥沒有停止前進的腳步，公司投入巨資加強了藥物的科學研究開發。1951 年，詹森製藥成功研發了廣譜抗生素 —— 土霉素，緊接著便是四環素和吡羅昔康，全是醫學界的經典藥物，為公司帶來巨大的經濟利益。

在以後的 40 多年裡，詹森製藥繼續投入巨資研發新藥物，與此同時，斥巨資相繼收購了基因醫療開發公司 —— 融利、美國抗癌藥物製造商 —— 美迪、生物製藥公司 —— 安科。

從 1990 年代中期開始，詹森製藥陸續分拆旗下的動物保健業務、嬰兒食品業務，透過首次公開上市出售少數股權，將獲得的幾十億美金投入擴大再生產，在全球總值 300 億美元的動物保健品產業中，成為規模最大的企業。

時至今日，詹森製藥市值已經超過 700 億美元，公司總資產高達兩萬億美元，全球員工人數多達 9 萬名，稱其為醫藥界的巨無霸，一點都不為過。

詹森家族的財富，也越來越多地以證券形式，延傳到了第 5 代 —— 盧卡斯‧詹森的掌控之下，他擁有自家公司的大量股票。

而盧卡斯正值生命力最旺盛的年紀，膝下有二子一女，按照國會通過的新法律，如果他趕不上 2019 年走進天堂，那麼到了 2020 年，如果他將財富作為遺產傳給兒女，免稅額為 100 萬

美元，由其子女分攤，剩餘的財富按遺產稅率 55% 來計算，以轉移產權生效之日的收盤價核算稅額，他的兒女在接受遺產的當日，必須繳納 275 億現金的遺產稅。

盧卡斯即便再富有，也不會愚笨到在保險箱內，留存如此一筆巨額現金。然而他也無法出售股票。按照慣例，大股東出售股票必須經由董事會同意。如果盧卡斯一意孤行，為了兒女的利益拋售股票，那麼詹森製藥的股價就將狂跌，攥在手裡的股票還有什麼價值呢？最聰明的做法，就是把股票轉贈給以詹森命名的基金，想怎麼花就怎麼花。

盧卡斯像管理企業那樣，精心經營著家族基金，還能落得一個慈善家的美名，何樂不為呢？

有鑒於富豪們都想長命百歲，最好能夠活 500 年，因此開發人類幹細胞的研究，一定能滿足這些富豪的需求。目前，幹細胞的移植治療技術，已實現人體各個器官的修復和更新，能消除 80% 以上的疾病，像人們最為懼怕的癌症，尤其是腦癌的擴散如此迅速，傳統的醫療技術幾乎無法治癒它。

不過在詹森製藥研究人員的努力下，事情竟然峰迴路轉。他們在小白鼠的大腦內，注射由基因工程獲得的成人乾細胞，用以把另外注射的無毒性物質轉化成抗癌劑。幾天之內，成人乾細胞遷移到癌變區域，注射物可以減少 80% 的腫塊。

緊接著，他們將胚胎幹細胞催化為神經幹細胞，接著成為運動神經細胞，並最終成為脊髓運動神經細胞。這種細胞在人

體內的作用，是從腦部到脊髓的信號傳播，使新產生的運動神經細胞表現出電活動——一種神經活動的基本特徵，對病患注射幹細胞並進行分化，可用於治療帕金森症，或外部原因造成的腦損傷，使他們有可能重新獲得喪失的身體機能。

也正因為詹森製藥在醫藥界的影響力，由盧卡斯倡導的「人類幹細胞基金」，旨在延長人類的壽命，富人們求之不得，紛紛如眾星捧月般地前來捧場。他們成雙成對從禮賓車上走下來，優雅地踏上紅地毯，任由記者們提問和拍照。

只見史蒂夫穿一套黑色晚禮服，大冷天的，也不加一件外套，獨自一人坐著計程車就過來了。下車的時候，他故作淡定，左顧右看，額頭上似乎還冒著汗。他那有別於其他貴賓的模樣，一踏上紅地毯，便引來好幾個記者的注目，他們走上前來團團圍住他。

史蒂夫卻昂起頭，並不搭理人家，高傲得像一座行走的冰山，匆匆地進入美術館大廳。

大廳內人頭攢動，幾百個人推來搡去的，又吵又熱。史蒂夫被人流推搡，不由自主地來到臨時吧臺旁，順手拿起一杯紅酒，一邊喝著，一邊向外突圍，目光越過人流，在擺滿宴會桌的大廳裡，尋找自家公司的宴席臺面。

他必須盡快找到彼得，得借一些現金以備不時之需，因為未來的事情不可預測。他可從來沒有為金錢犯過愁。但是這一天折騰下來，買了身上這套晚禮服之後，身上就只剩幾塊錢

了。他也不敢去 ATM 機取錢，擔心暴露行蹤，周圍同事帶足現金出門的，也只有老上司彼得了。

剛才，他去百貨公司買西裝的路上，經過一家電器商店，櫥窗裡偌大的電視螢幕上，新聞主播童‧凱蒂正播報地方新聞，一名警官的頭像在螢幕的右上角，看著很眼熟。他敏感地放慢腳步，仔細地打量起來。

今晚 5 點 10 分，紐約警察局 111th Precinct（第 111 分區）的警員漢瑞‧摩爾，與他的搭檔埃里克‧克拉克在皇后區小奈珂巡邏。他們見一個黑人男子在左前方一邊走，一邊調整褲腰帶。

根據紐約市警察局局長威廉‧布拉頓的說法，摩爾要求黑衣男子停下來。黑人男子轉身便朝警車射擊，至少開了兩槍。摩爾被擊中頭部，所幸他的搭檔埃里克‧克拉克沒有受傷，正當防衛一槍擊斃了黑人男子。經調查，該男子名叫布萊克‧威爾。

漢瑞‧摩爾是紐約警察局警官的兒子，今年 26 歲，2014 年畢業於紐約市警察學院，在他 5 年的職業生涯中，共逮捕了 150 多人。

槍殺漢瑞‧摩爾的是一把 .38 口徑金牛座左輪手槍（.38-caliber Taurus revolver），警察認為，那是喬治亞州佩里的一家商店被盜的手槍。

這則新聞令他大吃一驚。在小奈珂警察局接待他的值班警

探，就是漢瑞‧摩爾。當時摩爾穿著深藍色的警察制服，右口袋上方佩戴著警徽號碼和姓名牌，他只瞥了一眼便記下來了，想著以後調查案子可能用得著。現在看來，他永遠不會再見到摩爾了。

這樣一想，他感到胃裡一陣翻騰，噁心得只想嘔吐。摩爾被槍殺絕非偶然事件，一定和他調查安德烈‧法拉利有關係。興許摩爾得知了真相，可能已接近事實的真相，他們恐懼和害怕了，便採用極端的方法 —— 滅口，來保護自己。這說明他的調查方向是正確的。

他馬上聯想到，摩爾的父親是紐約警察局的高官，熟悉白道和黑道上的人物，能幫助他找到安德烈‧法拉利 —— 車禍案的目擊者，這個「目擊者」很可能就是殺人凶手。

時間緊迫，他得去一趟漢瑞‧摩爾的家，向他父母說明事情的前因後果。他們有權知道兒子被殺的真相。無論如何，至少他可以相信摩爾的父親，因為他們有著共同的敵人。

然而他轉念又一想，越是這種時候，摩爾的家裡越會聚集很多警察，多半是前去慰問的，也不乏盯梢他父親的內奸。他得等到半夜人群散盡，祕密地前去拜訪。在夜晚等待的這段時間裡，他也一定會被追殺，而躲在密集的人堆裡，才是最安全的。他想到了這裡的慈善晚會。

眼看晚宴即將開始，史蒂夫端著酒杯四處張望，尋找熟悉的面孔。他終於看見總裁彼得‧沃勒克，慢慢地往自己這邊擠

過來。此時此刻，他倒不著急去打招呼，裝作悠然地站在原地，等著彼得走過來。

不一會兒，彼得走近史蒂夫，用紙巾擦掉額頭上的汗珠，牢騷滿腹地嚷嚷道：「他媽的，這裡就像桑拿浴場，糟透了！史蒂夫，你倒是挺悠閒的啊！」

「我悠閒？我──」史蒂夫剛想抱怨「我差點去見上帝」。但他立刻意識到，在過去的 21 個小時內，但凡與他接觸過的人，不是被打傷，就是命歸西天，不能讓彼得為了他惹上麻煩。因此話到了嘴邊，又生生地被他給嚥下肚子。

「你怎麼啦？今晚就你自己嗎？徐麗麗呢？」彼得微笑著問。

「麗麗突然有採訪任務，今晚不能來了。」史蒂夫撒了一個慌，見邊上沒有別人，便湊近彼得的耳邊說：「我遇上了麻煩，你身上有現金嗎？」

彼得注視著史蒂夫，隨後狡黠地笑道：「你還缺錢花？那就多做幾筆交易嘛！他媽的，今天市場糟透了，你知道嗎？好吧，你需要多少錢？」「你身上有多少？全給我。」史蒂夫毫不客氣，恨不得自己動手，把彼得身上的錢全部搜出來。

「我的天啊，史蒂夫，我相信，你他媽真的遇上麻煩了。」彼得說著，從西裝上衣袋裡掏出一摞美鈔，整整齊齊地用金票夾扣著。他猛一抬頭，見史蒂夫直勾勾地盯著他手上的錢。他本想給自己留下幾張綠票子，等慈善晚會結束，可供自己尋歡作樂，現在看來沒指望了，便不情願地把一摞美鈔遞給史蒂夫。

史蒂夫接過一沓美金，像洗牌一樣檢閱了一遍，全是百元大鈔，總有 5,000 美金這麼多，便趕緊笑道：「謝謝！等我上班了再還你。」

「史蒂夫，你他媽的要這麼多錢。你到底惹什麼麻煩了？需要我幫忙嗎？」彼得關心地問。

彼特話音剛落，一個女人尖細的聲音，從他們的身後飄過來。「喲，史蒂夫，你又惹什麼麻煩了？也不來上班，你有麻煩我能幫忙的呀？」

史蒂夫不用回頭，就知道是女祕書海倫．巴特勒。不知道她什麼時候來到他們身邊的。

史蒂夫瞥了海倫一眼。

海倫身穿一款紅色露背禮服，裸露著細膩光潔的背部，亮麗而耀眼。

彼得盯著海倫細膩的肌膚，兩眼冒著垂涎的目光，像餓狼見著了獵物，恨不能一口吞下去。他身體貼近海倫，笑瞇瞇地說道：「親愛的海倫，史蒂夫可不需要你。今晚我太太沒有來，你來陪我吧。」

海倫正想說什麼，可抬眼一看，發現徐麗麗站在她的對面，眼神裡帶著敵意，惡狠狠地看著自己。她尷尬地笑了一下，極力掩飾著不自在，悻悻然地移到了一邊。

史蒂夫看見徐麗麗，大吃一驚，極為焦急地問道：「麗麗，你怎麼來了？你的採訪任務結束了？是誰讓你來這兒的？」

彼得見了徐麗麗，立刻開起了玩笑：「徐麗麗可是大偵探哦，她為什麼不能來呢？」

「彼得，你好。」徐麗麗把臉湊過去，與彼得行了個貼面禮，卻把海倫晾在一旁。

在徐麗麗看來，海倫的露背紅禮服，紅得像一團燃燒的火焰，誘惑著史蒂夫往陷阱裡跳。情急中，她不假思索地走上前，拽住史蒂夫的衣袖說：「我們走吧，我累了。」

「海倫，史蒂夫今晚沒空陪你，你還是乖乖地陪我吧。」彼得盯著海倫，帶著命令的口吻。

海倫瞪了徐麗麗一眼，慢悠悠地走到彼得身邊，挽起他的臂膀，極不情願地說道：「好吧，彼得，我們走。」

「史蒂夫，既然你不去雪梨了，明天小區的慈善派對，你一定要來啊。」彼得臨走，不忘提醒史蒂夫。

「我知道。」史蒂夫答應道。

徐麗麗挽著史蒂夫的臂彎，看著海倫的背影，暗自欣喜：「哼，你這不要臉的壞女人，讓你的陰謀見鬼去吧。」這樣一想，她放心了，得意地露出了喜色。

史蒂夫在一旁看著徐麗麗，非常生氣。他分明關照過徐黃河的，千萬別讓她離開科學研究所，外面太危險了。她為什麼不聽話非要來呢？她簡直是拿生命當兒戲。

他放下酒杯，一句話也不說，拉起徐麗麗的手，走出擁擠的大廳，離開古根海姆美術館。

第 23 章

第 24 章

在平行時空科學研究所，徐黃河不停地抬腕看錶，內心異常焦急，擔心妹妹發生意外。

晚上 8 點 10 分的時候，徐麗麗的意識順利地返回了，給他們帶來非常有價值的訊息。他經過仔細分析和研究，確定了一個事實：詹姆斯掉進了別人設下的陷阱，那麼徐美美的意外身亡，就不是簡單的意外事件。

這一發現就已經夠他震驚的了。孰料，一個意想不到的大危機，在他毫無思想準備的情況下，突然發生了。

徐麗麗完成第 3 次試驗後，經過短暫的休息，趁著他專注研究「前時空」訊息的當口，留下一張字條，躡手躡腳地溜出科學研究所，直奔古根海姆美術館。

等他發現的時候，抬腕看錶，已經是晚上 8 點 30 分了。他明白，她爭分奪秒趕去慈善晚會現場，是想把意外事件扼殺在搖籃裡。幸虧，他事先做好了準備，在他妹妹的手臂內，植入了一顆芝麻粒大小的芯片 —— 一枚隱形追蹤器，兼具了攝影的功能。所以，他能夠同步收到圖像，也能聽見她和別人的對話。

結果，在慈善晚宴上，他妹妹利用從「前時空」獲取的訊息，自說自話單獨行動，成功阻止了海倫的陰謀，卻因此闖下大禍。

他妹妹在「前時空」獲得的訊息，實際上就是天機。如何運用天機挽救她的生命，應該經過他和徐長江的精確計算，必須按照方案去執行。

俗話說「天機不可洩露」！

他妹妹的所作所為，無異於洩露天機，破壞了正常運行的時間線。由於時間線改變了，接下來的每一個時刻，所有的事情都會變得不一樣。即使詹姆斯記憶力超群，也會失去優勢。因為未來要發生的事情，再沒有人能夠預先知道了。

徐黃河急得像熱鍋上的螞蟻，想要出去找他妹妹，但手頭的事情又耽擱不起，徐長江隨時會聯絡他。不過，讓他感到欣慰的是，史蒂夫會用自己的生命，來保護麗麗的安全。而且他妹妹身上又有隱形追蹤器，這就給了他採取應急措施的時間。

眼下，他唯有加快研究的速度，與時間賽跑了！

如果有兩種或兩種以上的方式去做某件事情，而其中一種選擇方式將導致災難，則必定有人會做出這種選擇。這也就是墨菲定律所闡述的根本內容：如果一件事情有變壞的可能，不管這種可能性有多小，它總會發生的。

徐麗麗因為擊碎了一樁陰謀詭計，感覺她和史蒂夫安全了，心情馬上好起來了。她一走出古根海姆美術館，便掙脫了史蒂夫的手，伸了一個大懶腰，深呼一口氣，整個人立刻輕鬆了許多。

她漸漸地發現，似乎只有自己在高興，史蒂夫一副很生氣

的模樣，便走近一步問：「你怎麼回事呢？好像誰欠了你錢似的。是我破壞了你的好事情，是嗎？」

史蒂夫本來就生氣，聽了徐麗麗的話就更來氣了：「你說的這是人話嗎？你是不是偷跑出來的？你知道外面有多危險，現在你連徐黃河的話也不聽了嗎？」

史蒂夫生氣的樣子有點可怕。徐麗麗一看就明白，他是在克制內心的憤怒。她覺得自己很委屈，剛才的好心情一下子消失，氣呼呼地不作聲。不知怎麼的，她忽然懷念起「前時空」的詹姆斯，喜歡他寬闊的肩膀，盯著她的犀利眼神，其實是很溫暖的。

剛才，第3次試驗接近結束的時候，她坐著徐長江的飛車，從詹姆斯的家裡出來。返回曼哈頓的半道上，詹姆斯駕著車追上他們，非常鄭重地說道：「麗麗，我能和你聊兩句嗎？」

詹姆斯的請求，立刻被徐長江拒絕了：「對不起，麗麗必須回家了。」

詹姆斯非常堅持。

興許，詹姆斯是捨不得就這樣放她走吧。她猜想。28年前，詹姆斯沒能保護好美美。眼下，她排除萬難來到「前時空」，他無論如何要表達一番心意。

詹姆斯帶著請求的語氣，對徐長江說：「我想請她吃個熱狗，10分鐘。」

「好吧，最多5分鐘。」徐長江勉強同意了。

　　他們來到 Gray's Papaya 熱狗店，這是紐約人最喜愛的街邊小食，史蒂夫也喜歡熱狗，他們常常光顧這裡。

　　她很驚奇，Gray's Papaya 居然還在營業。不過眼前的這個店堂內，已改為全自動操作，顧客攜帶內置感應器進入店內，迅速將訊息傳至系統的中央電腦，自動登錄互聯網確認身分，購物後透過網上銀行帳戶支付帳單，簡單便利。

　　徐長江陪她走進店堂，便知趣地坐在遠處，盡量避開他們的視線。已經過了晚飯時間，店堂內顧客並不多，她靠窗坐著，抬頭望著井然有序的飛行車，窗外悠然行走的人流，再掉頭，詹姆斯端著飲料和熱狗向她走來，彷彿有一股強有力的時空穿越隧道，把他們帶到具有交集的時空。

　　「這是椰子香檳，你大概會喜歡的。」詹姆斯說著，把熱狗和兩杯飲料放在她跟前。

　　「謝謝。我不喜歡椰子香檳。」她分明是喜歡的，卻故意生硬地推開飲料。

　　「是嗎？那你喝我這杯。」詹姆斯狡黠地看她一眼，把自己的葡萄汁推到她跟前說：「很抱歉，美美喜歡不帶酒精的椰子香檳。28 年前，我倆中午經常光顧這裡，美美也喜歡靠窗的位子。」

　　詹姆斯一聲聲「美美」地叫著，她聽了心裡很不是滋味兒，便賭氣地拿起葡萄汁「咕嘟咕嘟」地灌下肚子。5 分鐘一晃就過去了，他們也沒說什麼話，現在想來，她是否向詹姆斯傳遞了一個訊息。她是吃美美的醋了嗎？

她這樣想著的時候，臉上泛起一陣紅暈，幸虧夜色昏暗，史蒂夫沒有發現。

　　此時此刻，史蒂夫正後悔呢，因為剛才沒有控制好情緒，差點大發脾氣。冷靜下來仔細一想，眼下妻子身處危險的境地，被死亡的恐懼和威脅所包圍。即便她說了過激的話，做出不可理喻的事情，那也是很正常的。他應該理解她，讓她感到有所依靠，盡可能給予幫助才對。

　　史蒂夫見徐麗麗默不作聲，也不知怎麼安慰她，想著自己還要去漢瑞‧摩爾的家，暗中調查安德里‧法拉利的情況。他必須抓緊時間，便重新握緊徐麗麗的手，語氣平和地建議道：「麗麗，你的處境依然很危險，趁現在沒人跟蹤我們，我送你回科學研究所。你覺得呢？」

　　徐麗麗心裡很明白，史蒂夫還有重要的事情要去辦，是為了救她。她不能拖他的後腿。她點點頭，無奈地同意了。

　　史蒂夫帶著徐麗麗，換乘了4輛計程車，繞著曼哈頓兜了一圈，確定身後沒有「尾巴」，這才迅速地閃進「烙鐵大廈」。

　　當他們走進科學研究所的接待室，徐黃河心頭懸著的石頭落地了，但是表情卻相當嚴肅，有些生氣地責怪道：「麗麗，你闖大禍了。你怎麼能自說自話，獨自出門呢？從現在開始，你不能單獨出門，你聽見了嗎？」

　　徐麗麗卻得意地解釋說：「徐黃河，你還不知道，威脅我的警報，剛才被我解除了。」

「你還說呢。你貿然掐斷了時間線,現在你每分每秒都會有危險。所以不能再獨自外出。」

徐黃河遂把自己的研究結果,告訴了妹妹和史蒂夫。

徐麗麗和史蒂夫聽了之後,面面相覷,忐忑不安了。剛才她還神采飛揚的,頓時眼神黯淡了下來,急躁地問道:「那我怎麼辦?」

徐黃河的態度非常堅定:「麗麗,你不能再任性了,這關乎你的生命安全!過了這個月,你才可能會安全。知道嗎?」

徐黃河已經和徐長江商量好了,他們決定採用對比的方法,把史蒂夫在 12 月分發生的事情,詳細地記錄下來,再把詹姆斯在「前時空」曾經參加過的每一場派對、說過的每一句話、到過的每一個地方、做過的每一件事情進行對比,找山它們之間的差異,整理出一條新的時間線,麗麗貿然掐斷的時間線,興許還有修復的可能。

徐麗麗聽了,立刻點頭同意。

史蒂夫在一旁頻頻點頭,非常贊同徐黃河的建議,見徐麗麗暫時脫離了危險,也顧不上休息便告別愛妻。他趁著夜色,攔下一輛計程車,朝長島方向疾馳而去。

第 25 章

「教父，安德烈的事情，按你的吩咐全辦妥了。」馬特奧的顧問弗蘭西斯走進書房，向馬特奧匯報工作情況。

馬特奧臉色陰沉，聲音沙啞地問道：「錢送去了嗎？」

「是。朱莉婭收下了。她讓我帶一個口信，謝謝教父的恩典，把完整的遺體交給了她。她說等過幾天，一定帶孩子們來拜訪您。」

馬特奧沉默了片刻，然後站起來說道：「難得朱莉婭明白事理，安迪犧牲他自己，成全了我們大家。弗蘭西斯，你馬上吩咐下去，好好培養安迪的兒子，中學畢業送他去哈佛大學。」他忘記了自己的教父身分，在不知不覺中，叫起了安德烈的暱稱「安迪」。

「是，我馬上傳話下去。」弗蘭西斯心領神會，也不多說什麼，隨即退出書房。

馬特奧的心裡很難過。他是集團的掌舵人，當巨輪在航行途中撞向冰山，出現沉船的威脅，他沒有選擇，只能不惜一切代價彌補漏洞，哪怕犧牲自己從小的玩伴安德烈・法拉利。這是一個非常艱難的決定，哪個將領願意損兵折將呢？他也心生不捨，但是卻容不得半分猶豫，否則巨大的航船便會因此漏洞而下沉。

　　而且，他必須牢記和避免重蹈他父親的覆轍 —— 被集團第二把手出賣做了汙點證人，最後人證和物證俱全被投進監獄。當年的那個背叛者，雖說經過 FBI 的重重偽裝，藏匿在拉斯維加斯，但還是被他親自抓住，千刀萬剮地處理掉了。

　　所以，這次安德烈‧法拉利暴露了身分，威脅到集團的安危，他沒有按照常理出牌，吩咐第二把手去完成任務，而是跳越老大和老大助理，由顧問弗蘭西斯去執行命令。如果將來有一天，弗蘭西斯對他不忠，也不用他開口，老大和老大助理便會動手，除掉他們痛恨的內奸。

　　眼下，他痛心失去了一名愛將。他把這筆帳算在了史蒂夫的頭上，已經布下天羅地網，遲早會把這頭獵物捕捉到手。他不相信會鬥不過一個小毛孩兒。

　　這樣想著，他從桌上的雪茄盒子裡，拿起一支雪茄和雪茄剪刀，手起刀落切掉雪茄頭，陷入了沉思。

第 26 章

　　長島，是美國東海岸人口稠密的島嶼，起始於紐約港，距離曼哈頓僅 0.56 公里，向東延伸至大西洋，覆蓋了拿騷縣和薩福克郡，向來被視為曼哈頓的後花園。

　　史蒂夫乘坐的計程車下了 495 高速公路，便向著牡蠣灣（Oyster Bay）疾馳而去。傑森‧摩爾居住的牡蠣灣，位於拿騷縣的最東部，是拿騷縣唯一從長島北岸延伸至南岸的小鎮。

　　牡蠣灣是一個典型的海濱小鎮，擁有絕佳的海灘通道，至少在溫暖的季節，人們快樂悠閒地到海灘散步，孩子們蹦蹦跳跳嬉笑著，在沙灘上玩沙灘排球，一艘艘遊艇和豎起桅杆的帆船，航行在牡蠣灣海港，與曼哈頓的擁擠和嘈雜對比，顯得分外溫馨與祥和。

　　牡蠣灣這個富含貝類的名字，是 17 世紀定居在那裡的荷蘭人，因貝類在附近水域繁衍生息而命名。而牡蠣灣作為名勝古蹟聞名全球，是因為美國第 26 任總統西奧多‧羅斯福的故居 —— 被稱為「夏日白宮」的薩加莫爾山，就坐落在迷人的牡蠣灣海濱。

　　荷蘭人的後裔西奧多‧羅斯福，是唯一來自長島的美國總統。他在總統任期內建立資源保護政策，包括森林、礦物、石油資源；對內推動勞工與資本家和解，對外奉行門羅主義實行

擴張政策，建設強大的軍隊干涉美洲事務。因成功調停日俄戰爭，獲得 1906 年的諾貝爾和平獎，是第一位獲得此獎項的美國人。

西奧多‧羅斯福是現代美國的塑造者，也有人批評他的干涉主義和帝國主義政策。即便如此，歷史學者在評論美國總統時，他總是與喬治‧華盛頓、托馬斯‧傑斐遜和亞伯拉罕‧林肯並駕齊驅，也是總統山 4 個總統雕像中唯一來自 20 世紀的總統，深受美國人民的愛戴，牡蠣灣的民眾尤感自豪。

在牡蠣灣居住的最大好處，就是晚上睡覺不需要提高警惕，不需要「睜著一隻眼睛預防外賊」，大多數居民是富有的白人中上階層，家庭平均年收入超過 20 萬美元。

中上階層是一個最矯情的消費群體，在任何國家都一樣，他們相比上流社會，更講究商品的貨色。當中產階級在生活品質追求上，馬馬虎虎可以湊合的時候，那無疑是一種降級消費。他們千辛萬苦從底層社會爬上來，但凡手上有真金白銀，打死都不願意跌落下去。在商品社會裡，房產是最大的消費商品，也是生活品質的保障，房價因此也比較昂貴。

牡蠣灣的常住居民接近 5,000 人，幾十年來沒有發生過殺人案，惡性犯罪率為零，涉及入室盜竊、偷竊、機動車輛盜竊、縱火、入店行竊的「財產犯罪」為 3.5‰左右。

牡蠣灣的小區內擁有高水準的學校系統，完美地結合了各個族裔的文化並且有平等的學習機會，前往曼哈頓通勤上班也

十分方便，乘坐 LIRR 火車僅需十來分鐘便可去職場「衝鋒陷陣」，定居在這真是理想選擇。

牡蠣灣，這個荷蘭人曾經聚集的區域，現在依然是白人的天下，有 80% 的居民是白人，非裔只占了 2%，西班牙裔（或拉丁裔）也只有 7%，亞裔倒是後來居上占了 9%，成為牡蠣灣的第二大族裔。

史蒂夫原本也打算在牡蠣灣買房子的，一棟別墅也就 60 萬美金。他在「梅森投資集團」到手的獎金，不用銀行貸款便可全款付清，拎幾個箱了就能入住。他太喜歡牡蠣灣的大環境，安靜閒適，生活也很方便。

那天，他跟著經紀人看完房子出來，兩人聊著牡蠣灣的生活設施，走著走著，不經意間來到了南大街 124 號的 Baykery Café。他見門口的廣告牌上寫著：「全天候供應早餐。晚睡者不會受懲罰！」

這句廣告語令他頗感愜意。他平時晚上根本無法睡安穩，經常夜半三更都得起來查看電腦，分析全球金融市場的走勢，以便做出明智的投資決定，所以他週末都睡到中午才起床。

而 Baykery Café 的經營方式，正合他的心意，從早到晚都能享用豐盛的早餐：三明治沙拉、煎蛋或者布朗尼蛋糕和蘋果派，點一杯卡布奇諾或鮮榨橙汁，在咖啡館後面舒適的小圖書館看書。

從 Baykery Café 享用完早餐或午餐之後，步行不遠便可抵

達 Snouder's 藥房 —— 牡蠣灣的地標性建築。這棟 18 世紀維多利亞風格的建築，位於南大街 108 號，湖綠色的兩層樓房一目瞭然。

他聽房產經紀人介紹說，Snouder's 是牡蠣灣最古老的企業，由亞伯·康克林在 1884 年創立。康克林曾是一名藥劑師，因為健康狀況不佳，在醫生的建議下，1880 年搬到了牡蠣灣。3 年後，康克林把自家的藥店遷移過來，在他的女婿安德魯·斯諾德的幫助下繼續經營。

不幸的是，即使斯諾德放棄自己的服裝業生意，幫助康克林主持藥房經營，沒多久康克林還是去世了。

斯諾德非常具有商業頭腦。他保留了康克林藥房的名稱，繼續著家族的事業。1887 年，他在藥房安裝了一部電話，這是牡蠣灣的第一部電話，幾年來，它一直是小鎮上唯一的電話，電話服務成為人們聚集 Snouder's 的關鍵原因。面對電話服務的火爆場面，斯諾德在 1900 年把店面一分為二，一半專用於電話服務，總機一直保持營業狀態，直到深夜藥房結束生意。

西奧多·羅斯福成為美國總統之後，甚至連薩加莫爾山也沒有安裝電話，多年來，斯諾德先生為總統轉達了許多訊息。電話服務還帶來了許多媒體記者，他們來到 Snouder's 藥房，報導羅斯福總統的新聞。這段歷史故事流傳至今，成就了牡蠣灣的傳奇，開闢了全美和全球的一大旅遊景點。

後來，他放棄牡蠣灣作為安家的居所，是因為徐麗麗考入

了哥倫比亞大學新聞學院，這是一所研究新聞傳播的學院。哥大新聞學院是美國常春藤聯盟中唯一的新聞院校，也是全球最老牌的新聞學院，在全世界業內享有極高的聲響。新聞界一年一度的普立茲獎項，就是由哥大新聞學院頒發的，這個獎項是美國新聞界的最高榮譽獎，甚至被視為一個全球性的獎項。

所以，他在哥大附近的晨邊高地（Morningside Heights）——一幢戰前建造的公寓大樓，購買了一個三房兩廳的公寓，方便徐麗麗來往學校，還可以隨時跟她哥哥聚會。

此時此刻，夜色已深，南大街華燈初上，昏暗的路燈烘托出夜的寂靜。牡蠣灣一如往常安靜平和，沿街的商店四門緊閉，大街上，幾乎看不見一個行人，只有來往的汽車飛馳而過。

史蒂夫乘坐的計程車，疾馳在古色古香的南大街上。他無心觀賞窗外的夜景，其實也看不見任何景緻，在一片寂靜的夜色中，唯有 Snouder's 藥房亮著燈光，閃爍著一點嫣紅。

他靈光一閃，計上心來，衝著司機說：「對不起，你把我拉到 Snouder's 藥房，就在前面 108 號。」

「沒問題。」

「我買了藥馬上次來，請你等我一會兒。」

史蒂夫臨時改變了計劃。他敏銳地感到不能直接去找摩爾。摩爾的家門外可能埋伏著黑手黨，或者警方的偵探，眼下不能與這兩種人發生正面交鋒，貿然行動無異於自投羅網，他必須小心謹慎，等拿到證據才能一劍封喉。

他心裡很焦急，留給他的時間不多了。他沒有付車資，打開車門直奔藥房。他去藥房其實是借用電話，上次的司機挨打受傷，他心裡很愧疚，所以現在只能找藉口，避免再連累無辜的人。

他保持著高度警惕，可是步伐卻很穩健，一走進 Snouder's 藥房，男店員便熱情地招呼他：「先生，請問有什麼能幫到你嗎？」

「我想，你能幫我的。我可以打個電話嗎？」史蒂夫說著，不動聲色地瞥了一眼周圍的情況，發現店堂內沒有其他顧客。即便是這樣，他也不敢放鬆警惕。

男店員指著櫃檯邊上的座機，微笑地說道：「當然，你請便！」

史蒂夫來不及說一聲謝謝，迅速走過去拿起電話筒，下意識地四下一瞄，隨即撥打了摩爾家的電話。

電話鈴只響了兩聲，一個低沉哀怨的聲音，彷彿從很遙遠的地方傳了過來：「我是卡森‧摩爾，請問你找誰？」

「摩爾先生，我是誰並不重要，你現在說話方便嗎？」

「他媽的，你是誰呀？我今天心情不好，收起你的惡作劇，小心我報警。」

「我知道你有這個能力，我沒有惡作劇。請你原諒，我現在說話不方便。我希望我們立刻見一面，你覺得有這個可能嗎？」

「我憑什麼見你？你是誰呀？」

史蒂夫知道對方不信任自己，如果他不說明情況，摩爾馬上就要掛電話了。他又警惕地掃視了一下店堂，見男店員自顧自整理貨架上的商品，便壓低了聲音說：「我今天中午見過你兒子。我知道他為什麼被謀殺。」

「你說什麼？我兒子是被謀殺的？」

「是的。我確定！」史蒂夫沒有選擇。他激起對方的好奇心了，只有這樣摩爾才會跟他見面。

「你有證據嗎？」

「是的。」史蒂夫沒有絲毫猶豫，馬上給出了回答。因為中午他和漢瑞·摩爾的對話，身上佩戴的鑰匙扣錄下了他們的談話。

「好吧。我們在哪兒見面？你的標誌是什麼？」

「Snouder's 藥房。只要你出現，我會過來找你。」史蒂夫早已透過「Google」，獲得卡森·摩爾的影像。

「10 分鐘，我過來。」卡森·摩爾掛斷了電話。

史蒂夫的大腦迅速地轉動起來，放下電話筒，當下決定先打發計程車司機。他掏出 100 美元大鈔，對男店員說：「請給我一盒阿司匹林，還有電話費。」

「沒問題。你還要些什麼嗎？」男店員放下手上的活計，走過來問他。

「不用了，謝謝！」

　　史蒂夫從男店員手裡接過藥和找錢，拉開店門環顧左右，發現沒有異常，便徑直走向計程車。

　　「對不起，你走吧，這是車資。」史蒂夫把零錢放進褲袋，遞給司機一張百元大鈔，還未等對方反應過來，便轉身轉進邊上的西大街，倏忽消失在昏暗的路燈下。他的去向不能讓司機看見，否則是害人害己。他憑著驚人的記憶力，如入無人之境地在街上左閃右躲，不久又繞回南大街，不遠處是「美銀金融中心」大廈，再走過去幾步路，就是牡蠣灣的消防大隊。大約過了8分鐘，他返回原地，在 Snouder's 藥房的斜對面，躲在郵筒邊的電線杆後面。

　　他剛選定最佳的位置，以便觀察來往的車輛，突然，耳邊傳來一個低沉的聲音：「是你打電話給我的嗎？」

　　史蒂夫一怔，猛然回頭，想看清楚來人是誰。不料，來人敏捷地抓住他的右手腕，狠狠地按住他。

　　史蒂夫扭動著身體，本能地想掙脫出來，就差一腳朝對方的要害部位踢過去，反戈一擊。

　　不過，他聽出此人的聲音，分明就是警官傑森‧摩爾，此舉顯然還是不相信他。他倒是能夠理解，畢竟這關係到漢瑞‧摩爾的死亡真相，因此連忙說道：「你沒必要這樣，我可以給你證據。」

　　傑森‧摩爾聽了此話，這才鬆開手說道：「你最好拿出證據來。」

「如果沒有真憑實據，我自討沒趣圖什麼？」史蒂夫甩了甩疼痛的右手腕，見來人果然是傑森‧摩爾，185公分的身高，體型均勻身板結實，不像是坐慣高背椅子的警官，一雙眼睛銳利有神，威風凜凜地盯著他，彷彿要看透他的五臟六腑。他心下暗想：「算我賭對了。此人身手不凡，我們之間有共同的敵人，他能助我一臂之力。」

　　史蒂夫立刻從褲袋裡掏出鑰匙扣，對傑森‧摩爾說道：「我有一個請求。你聽了我和漢瑞的這段話，請幫我找到安德烈‧法拉利，重新調查我岳父岳母的案件。」

　　「我不知道你是誰，無法給你承諾。」傑森‧摩爾傲慢地回答。

　　史蒂夫略微一想也對，在他沒有呈現證據之前，摩爾沒有任何理由給他承諾，於是便說：「我們可以換一個地方嗎？安全的地方？」

　　「好，去我的車上。」傑森‧摩爾建議說。

　　史蒂夫不放心地問：「你發現有尾巴跟蹤嗎？」

　　傑森‧摩爾頗為自信地說：「沒有。要是有人跟蹤我，現在早該出現了。」

　　史蒂夫聽了摩爾的話，覺得很有道理，但還是不敢放鬆警惕。他建議道：「這兩天總有人跟蹤我。你的車上可能有竊聽器，還是謹慎為妙。前面就是消防站，相對安全一些，你可以邊走邊聽。」說完，他等傑森‧摩爾戴上耳機，便打開袖珍錄音

機，放送他和漢瑞‧摩爾的對話。

傑森‧摩爾的臉龐立刻被哀傷所籠罩，兒子熟悉的聲音衝擊著他的心靈。從今往後，他再也聽不見兒子的聲音了，那種說不出來的酸楚和絕望溢於言表。他幾乎崩潰了，猶如無舵的航船失去控制，任由眼淚順著臉頰往下流。

這種突然失去親人的悲痛，史蒂夫在他母親去世的時候體會過，更何況這是白髮人送黑髮人的悲哀，世上沒有比這更糟糕的事情了。此時此刻，他沒有說任何安慰的話，只是默默地等待傑森‧摩爾恢復平靜。

片刻，他們來到消防站的停車場。夜已很深，一片寂靜，傑森‧摩爾的情緒平復了許多。他把耳機遞還給史蒂夫，然後問道：「你懷疑是馬特奧‧魯索幹的嗎？」

史蒂夫連忙點頭肯定：「根據我的推理，確實是這樣。你能找到安德烈‧法拉利嗎？漢瑞可能因為找到了線索，所以招來殺身之禍。我個人感覺埃里克‧克拉克也很可疑，他是漢瑞的搭檔。他完全可以開槍打傷凶手，然後活捉他。從目前的情況來看，很可能是滅口。」

「別自作聰明。你可以懷疑，但不能下結論。別忘了，立案需要證據。」糾正了史蒂夫的觀點，傑森‧摩爾接著說道：「今天太晚了。明天早上，我去找安德烈‧法拉利，還有埃里克‧克拉克，你等我的消息。」「對不起，我等不及了。我馬上就得找到法拉利。我和我太太處處被人跟蹤，每分每秒都處於危險

之中，凡是與我接觸的人，不是被打傷，就是慘遭毒手……」

　　史蒂夫的話匣子一打開，把過去 24 小時的經歷，猶如竹筒倒豆子「呼啦啦」全說了出來，心裡頓時暢快極了。他也不知道自己會放鬆心理防線，對一個陌生人說這些，興許是感覺傑森・摩爾值得信賴。當然，徐麗麗參與試驗的祕密，他隻字未提。

　　傑森・摩爾緘默片刻之後，一雙炯炯有神的眼睛看著史蒂夫，低沉而有力地說道：「好吧，我陪你一起去。我得進去打幾個電話，消防站應該很安全，裡頭全是我的好朋友。」

　　他們把夜色留在了身後，一起走進燈火通明的消防站。

第 26 章

第 27 章

　　在「平行時空科學研究所」，徐麗麗蜷縮在休息室的床上，她渾身疲憊心力交瘁，卻輾轉反側無法入睡。她懷揣天大的機密，這祕密還決定了自己的生死，猶如頭頂上懸了一把達摩克利斯劍，夢魘似乎不可逆轉地將要變為現實了。

　　因為對於她來說，預見了未來，也就沒有未來了！

　　她躺在床上越想越鬱悶，眼神空洞地看著前方，那是昏暗無邊的冬季長夜。面對這樣的局面，她無能為力，彷彿砧板上的魚肉任人宰割，苦悶沮喪。這樣想著，她一骨碌翻身坐了起來，仰天望著天花板，眼淚忍不住地流下來。

　　她陷入了深深的絕望！

第 27 章

第28章

在牡蠣灣消防站的站長辦公室，傑森·摩爾關緊房門，先給太太打電話報了平安，隨即便聯絡他的好朋友丹·科茨。

科茨是聯邦調查局（FBI）「國家安全處」的助理局長，級別僅次於正、副局長。科茨和傑森·摩爾是紐約市警察學院的同學，他們私下交情非常好，從警察學院畢業後便各奔前程，在各自的領域發揮作用。

當然，在他們這批警察學院的同學中，科茨通往華盛頓的仕途走得最為順暢，簡直是官運亨通步步高陞。

聯邦調查局下屬 5 個執行系統單位：包括刑事數位響應及服務處、人力資源處、資訊及科技處、國家安全處和科學及科技處，主管由一位助理局長來擔任。他們的首要任務是捍衛美國的利益，保護美國免受恐怖襲擊，避免受到外國情報部門和間諜活動的侵害，在響應公眾需要和忠實美國憲法的前提下履行職責，為聯邦、州、市和國際機構及合作夥伴，提供領導和刑事司法服務，嚴厲打擊各級公共腐敗行為、跨國犯罪組織、外國反間諜活動和白領階層的犯罪，以及重大的暴力犯罪和毒品，在每一次調查獲得情報資料之後，遞交美國司法部官員和檢察官，由他們決定是否批准起訴採取行動。

話說聯邦調查局在全美境內受到普遍的關注，同時還保持

著重要的國際影響力，在全球各地的美國大使館和領事館，營運了 60 個法律事務處（LEGAT）和辦事處，以及 15 個辦事分處。這些駐外辦事處主要是為了與外國安全部門協調，通常不在東道國進行單方面行動。但有時候出於特殊原因，他們也可以在海外進行祕密活動。

為此，聯邦調查局的專業特務每年都在成長，目前全球有超過 11,000 名成員，去年的財政年度總預算約為 87 億美元，大多數專業特務作為大使的法律專員 —— 他們自詡為「LEGATS」（Legal Attachés），全都派駐海外在美國駐外使館工作。

然而聯邦調查局維護法律的使命，既有值得驕傲的歷史，也有破壞法律的不光彩之處。科茨通往華盛頓升遷的道路，就是因為破獲一起重大的間諜案，而走上了光明的仕途。

科茨從警察學院畢業後，在紐約警界僅工作 1 年，第 2 年便跳槽去了聯邦調查局。1980 年經過特殊培訓，他作為特務人員投入複雜的反情報工作 —— 針對蘇聯進行間諜活動。

10 年後的聖誕夜，科茨晉升為「國家安全處」情報組組長。那晚，他邀請警院的同學去夜總會，傑森・摩爾也應邀前往。他們平時忙於工作，見面的機會有限，但兩人相見甚歡毫無疏遠感，吃喝玩樂好不熱鬧。

老同學舉杯慶賀科茨的升遷之喜，陪酒女郎們在一旁吆喝助興，大家喝酒敘舊好不快樂。他們正玩得興頭上呢，此時兩名身穿黑西服的男人，徑直走向科茨，湊近他的耳邊說道：

「老大，不好意思，打擾了。老闆聯絡不到你。你必須馬上次局裡。」

科茨聽了之後，眉頭緊蹙，下意識地問道：「出什麼大事了？」他清楚，除非發生緊急狀況，否則聖誕夜放假，上頭不會派人找來的。

「情報洩密，『老鷹』被害身亡。」來人壓低聲音，簡單明瞭地向科茨匯報。

「老鷹」是科茨的老搭檔馬克·尼克爾森的代號，潛伏莫斯科已經 5 年了。尼克爾森做事向來考慮周全小心謹慎，他倆密切配合殺入敵人內部，獲得過具有殺傷力的情報。尼克爾森突然被害，他馬上判斷是內部出了奸細 —— 叛國者。

「走，我們回去！」

眼見聚會在高潮中被打斷，科茨感到頗為抱歉，好在大家都是幹這行的，突發案情走人不用多解釋。不過他向老同學承諾道：「我知道大家沒有盡興，等我忙完案子，我們再來玩個痛快。」

等他們再次來到夜總會，已經是半年之後了，叛國案宣布告破，叛國者依法接受法律審判。這起叛國案轟動全美，那陣子電視新聞連篇累牘討論此案，他們老同學見面聚會，免不了向科茨打探詳情。

「啊呀，這個案件不比 007 遜色，有些細節我現在可以透露了，那小子太狡猾。但我是誰呀？他能騙得過我嗎？」科茨的口吻洋洋得意。

科茨倒是有資格這麼誇耀自己。他確實聰明能幹，活該叛國者倒楣遇上勁敵。

就在馬克・尼克爾森遇害的當晚，聯邦調查局和中央情報局成立了一個聯合破案小組，代號「眼鏡蛇」，以尋找洩漏情報的可疑人。他們列出一份清單，一一排除潛在的嫌疑人，透過莫斯科的一個「線人」，根據支離破碎的線報，拼湊出洩密者的一些基本輪廓，代號「眼鏡蛇」的調查正式啟動。

當調查範圍縮小至兩名嫌疑人的時候，他們仍然無法確認誰是洩密者。與此同時，大量的機密情報依舊不斷地洩露出去，5 個隱藏在蘇聯的「Asset」── 情報人員，接二連三地遇害。

科茨日夜顛倒兩眼熬得通紅，猶如一頭猛獸驟然伸出利爪，蓄勢待發。他鬍子拉碴的，一副咄咄逼人的模樣，逼迫「眼鏡蛇」的每一位成員不敢怠慢，加班加點撲在案子上。

眼看同僚的生命危在旦夕，科茨採取了極端的行動，承諾向一名克格勃代理人支付 800 萬美元，以獲取一名匿名「黃鼠狼」的檔案。「眼鏡蛇」成員經過指紋和語音分析，一個名字從重重迷霧中顯現出來 ── 艾姆斯・費曼，聯邦調查局的特務。

初戰告捷，「眼鏡蛇」的成員異常興奮。但是想要抓住費曼，需要確鑿的犯罪證據，美國外國情報監視法庭授權聯邦調查局，對費曼實施電子監聽，從他的信件和個人生活垃圾中循跡拼圖，並在其車輛上安裝追蹤器。

他們在監聽電話的記錄中，發現費曼喜歡女人，頻繁往來於各種族裔的女人之間。他言語猥褻，對她們談不上有任何感情，看上去純粹是肉體交易。這大概是他唯一花錢的地方。不過他很狡猾，把自己偽裝成普通工薪階層，不開豪車，不買奢侈品，總是以速食果腹，生活毫不招搖。

科茨請來一位行為學家，對費曼做了一個全面的人格分析，得出的結論發現：費曼似乎不能、也不願與人發展親密關係，這是一個優秀間諜所具備的素養。他不受意識形態的約束，所做的一切完全為了錢，完全稱得上是一個完美的間諜。

一天，科茨聽手下的組員匯報說，費曼訂了一張去墨西哥的機票，很可能是去和克格勃的人聯絡，這是獲取鐵證，一招制勝的絕好機會。

科茨急忙去法院申請了一張搜查令，帶領他的部下奔赴機場，瞄準費曼的行李，進行了祕密的搜查。為了避免打草驚蛇，他們小心翼翼地打開行李箱，每一層的物品都拍照留底，隨後再根據照片，把物品原樣放回去。

他們很失望，行李箱內沒有發現機密文件。費曼去墨西哥是會見女人！

但是科茨不甘心。這似乎不合乎邏輯。一個對女人只有肉慾、談不上任何感情的人，大老遠地跑去墨西哥找女人？紐約充斥著各色出賣肉體的女人，費曼為什麼捨近求遠，非要去墨西哥會女人呢？

科茨立刻命令「眼鏡蛇」的成員：「給我盯緊墨西哥女人，別讓她跑了。她身上有情報。」

他絕不是憑空想像，而是根據邏輯推理得出的結論。費曼喜歡女人不假。他很有可能利用會見女人作掩護，實際上是遞送和交割機密文件。

後來對費曼的審訊和他自己的交代證明，科茨的判斷是正確的。

費曼在加入聯邦調查局的第 3 年，便接近蘇聯「格魯烏」──蘇聯總參謀部情報部，啟動了他的第一次間諜活動，在蘇聯解體期間擔心會被曝光，選擇暫停與「格魯烏」的聯絡，到了 1989 年重新啟動他的間諜活動，直到被捕。

費曼始終以匿名的身分，21 年的時間，向蘇聯情報部的克格勃出售數千份機密文件，洩密美國在核戰爭中的策略、軍事武器技術的發展，以及美國反情報的計劃。費曼在進行間諜活動的時候，洩露了為美國祕密工作的克格勃特務的名字，其中很多人因叛國罪被蘇聯情報部處決。

當費曼置於「眼鏡蛇」的監視之下，1990 年，很快被發現再次與俄羅斯人接觸。聯邦調查局採取明升暗降的手段，調動費曼回總部，使他遠離敏感的機密訊息，並且便於密切監控。

費曼知道他早晚會暴露，其實在調回聯邦調查局總部的時候，便明白自己被懷疑了。即便已經成為懷疑的目標，也沒能阻止他把情報送出去。

1991 年 3 月 11 日，費曼最後一次坐飛機前往墨西哥，與選中的女人在賓館會面，兩人你情我願地做完交易。他大方地請她共進晚餐，條件是要這個女人去一趟車站，幫他把一個包裹放進儲物箱。當然，遞送情報的過程全在費曼的監控下完成。

那天晚餐過後，費曼按照慣例，把機密文件用垃圾袋密封包裝，交到墨西哥女人的手中。他則不緊不慢地跟在她的身後，兩人走進汽車站，女人打開儲物箱，把包裹放進去鎖上門，然後在門上貼了一個十字架貼紙。

「十字架貼紙」，是費曼與克格勃設定的暗號，蘇聯情報部獲得包裹便會把報酬 —— 美元，存進費曼在瑞士銀行的帳戶裡。費曼從來不告訴克格勃自己的身分，並且拒絕與他們見面，只透過網路完成整個交易，每一次都約見不同的女人，利用她們在不同的地方，幫他投放機密文件。

眼看費曼轉身即將離開，科茨帶領「眼鏡蛇」成員衝進車站，團團圍住費曼和墨西哥女人。科茨出其不意地掏出手銬，「咔嚓」一聲銬住費曼，向他宣告米蘭達規則，以叛國罪逮捕他。

不料，費曼竟然昂起頭，笑著問道：「你們怎麼現在才來呀？」

科茨聽了費曼的傲慢質問，真想上去賞他一巴掌，此人在 20 年間出賣美國，司法部描述他的間諜活動，為美國歷史上最嚴重的情報災難。這個叛國賊，何來如此的底氣？

　　其實費曼倒不是傲慢。20 年來，他一直生活在恐懼中，擔心暴露賣國的行徑，日復一日地僥倖過日子，似乎天天等著自己被捕。所以，看見聯邦調查局的同僚來抓捕他，心裡反倒踏實了。

　　但是費曼知道自己罪孽深重，20 年向蘇聯出售數千份機密文件，收受超過 160 萬美金，對美國造成了重大的損失，很擔心會被判處死刑。於是費曼透過律師，與檢方談判達成一項辯訴交易，使他能夠逃脫死刑，以換取與當局的合作。

　　1991 年 6 月 6 日，費曼在紐約法院承認 14 項間諜罪，外加一項串謀間諜罪。第 2 年，他被判處終身監禁不能假釋。在紐約附近的聯邦監獄服刑，每天單獨監禁 23 小時。

　　經過 6 個月的日夜奮戰，費曼的叛國案終於塵埃落定，科茨作為主管此案的特務，挽回了聯邦調查局的尊嚴，這就奠定了他在局裡的地位。紐約警察學院的師生無不為科茨感到自豪，老校長邀請他回學院，為在校的學生演講，鼓舞士氣增加學生的榮譽感。

　　這一晃 18 年過去了，科茨已晉升為聯邦調查局的第三把交椅，下一任總統換屆，他很有可能被提升為局長。傑森‧摩爾相信科茨的能力，當然也最信任這個老朋友。

　　「丹，我是傑森。我需要你幫忙。」傑森‧摩爾開門見山，毫不遲疑地發出請求。

　　「傑森，很遺憾，漢瑞的不幸我知道了。你節哀順變！我已經在去你家的路上，我明早有一個會議，今晚就睡在你家。」

科茨沒有多餘的安慰話，可是傑森‧摩爾聽了，一時哽咽難言。科茨每次從華盛頓來紐約，總是在他家裡落腳，可以說是看著漢瑞長大的。科茨第一時間前來探望，儘管言語不多，卻觸碰了他心中的軟肋。

　　「老兄，我馬上就到。今晚，我們好好聊聊。我帶了一瓶『布羅拉35年』威士忌，你記得嗎？我們上次一起買的。」

　　傑森‧摩爾當然記得了。那是2012年10月的一個週末，他們相約去參加紐約威士忌節（Whisky Fest New York 2012），地點在時代廣場的萬豪（Marriott）酒店。他倆平時喜歡小酌幾杯，紐約威士忌節已經舉辦15年了，他們因為工作的關係，一直沒有機會去。今年可能是經濟不景氣，威士忌節第一次安排在週末，一張門票325美元。

　　他們本來覺得票價挺昂貴的，不過舉辦方安排的第一項活動，是「威士忌收藏和拍賣」，可以讓大家品嚐極品威士忌，像是「布羅拉30年」威士忌（Brora 30 Year Old），還有1963年的格蘭傑（Glenmorangie 1963），以及金‧波摩爾（Gold Bowmore）。

　　波摩爾是具有收藏價值的威士忌傑作，也是非常奢華的威士忌，在拍賣會上拍出了7,000美元一瓶，只要喝一口（其實不止一口），立刻值回票價。況且拍賣會後的4個小時，來自世界不同國家超過250種威士忌，都可以慢慢去品嚐，瓶裝相當精緻漂亮，簡直眼花繚亂！

他和科茨在拍賣會上兩人拼湊了 645 美元，一起拍下一瓶 2012 年專場發行的「布羅拉 35 年」（Brora 35 Year Old Special Release 2012），在 1976 年和 1977 年期間蒸餾完畢，「陳年」於美國橡木桶內，充滿香草、蜂窩和檸檬的香味。他們相約由科茨收藏，等待一個特殊的日子一起品味。

傑森·摩爾沒想到這個特殊的日子，居然是兒子因公殉職，他們不得不借酒來解愁，思念過早故去的親人。

「傑森，我說的話你聽見嗎？我馬上到了，你等我。」科茨在電話那頭，感覺傑森·摩爾悲傷至極，可能他們見了面，老朋友的情緒興許會好一些。

「好吧。我等你。這裡還有一個人要見你。」

「他是誰？」

「我們見面再談，我等你。」

傑森·摩爾掛斷電話，走出辦公室對史蒂夫說：「走，我帶你去見一個人。」然後，掉頭對消防站值班組長說：「我正在辦案子，我的車子不能用，你能派車送我回家嗎？」

「可以，沒問題。我開消防車送你回去。」

「謝謝你！」

在佛羅倫薩大道靠近牡蠣灣海灣，弗蘭西斯坐在奔馳汽車上，兩眼盯著不遠處的一棟獨立洋房，收起手機，命令手下的打手說：「走吧。上頭命令我們撤。」

「老大，我們一個不留，全撤嗎？」

「廢什麼話，全都給我撤。難道你想被 FBI 抓走？」

「好的。我通知他們。」

小嘍囉打開手機上的手電筒，向後車窗閃了 3 下，這是「撤退」的暗號。後面 3 輛車子一一啟動，沿著佛羅倫薩大道向著墨爾本大街開去。

「傑森，據我的線報提供的情報，法拉利已經死了，明天在聖約翰公墓舉行葬禮。」

科茨坐進傑森‧摩爾家的客廳，發現史蒂夫坐在他的對面，夜已深，又是這麼特殊的時候，摩爾的家裡出現陌生人，情況非同尋常。他馬上判斷傑森把來人介紹給他，一定和漢瑞的死亡事件有關。

果不其然。科茨聽完傑森和史蒂夫的敘述，明白了漢瑞的死因確實蹊蹺，而他面前的年輕人看著相當精明，對整起事件的推理很合乎邏輯，於是連夜打電話，透過線人了解安德烈‧法拉利的情況。

傑森‧摩爾急忙問道：「法拉利是怎麼死的？他一定被滅口了，我們的線索就此中斷。」他看著史蒂夫，心下暗想：「這小子分析得挺有道理的，這一連串的謀殺確實有隱情。」這樣一想，便連忙建議道：「還有一個人可以追查。」

科茨問：「誰？」

史蒂夫搶先回答道：「埃里克‧克拉克。」

傑森略微一想，看著科茨說：「嗯。現在間接證據找到了，

169

我們可以立案調查。我覺得可以兵分兩路，一暗一明，順藤摸瓜一查到底。」

史蒂夫連忙說：「我有一個大膽的想法——引蛇出洞。由我和太太做誘餌，你們負責調查和抓凶手。」

「不行，這樣做太危險。」傑森・摩爾表示反對。

科茨站了起來，低頭尋思片刻，果斷地說道：「我看這方案可行。不過需要周密的計劃和安排，首先要保證你和你太太的生命安全。」職業敏感告訴他，這起案子隱藏的真相，絕非普通謀殺這麼簡單，很有可能又是一起重大案件。

史蒂夫立刻提議說：「明天我們社區有一個派對，在教會的中學禮堂舉行，你們可以利用這個機會，抓捕罪犯。我想知道是誰想要殺我們。」

「好，你給我具體地址，我馬上來做一個計劃。」

科茨說著，打開手機「Google」地圖，與史蒂夫和傑森・摩爾一起，連夜商量和研究「誘捕」計劃。

第 29 章

12 月 24 日凌晨 4 點，距離徐麗麗發生意外的時間，只剩下 19 個小時了。

史蒂夫坐著科茨安排的小車，在 3 個聯邦調查局探員的保護下，返回曼哈頓的「平行時空科學研究所」。

昨晚在傑森‧摩爾的客廳裡，史蒂夫極力想要保守祕密。他越是努力地去隱瞞，祕密便洩露得越多，在科茨咄咄逼人的眼神注視下，不得不坦白「平行時空科學研究所」的存在，吞吞吐吐道地出徐長江的科學研究項目 —— 量子隱形傳送。

他的神經系統迫使自己坦白。因為坦白對身體有好處，對大腦也有好處，甚至對靈魂也是有好處的。他記得奧地利心理學家西格蒙德‧佛洛伊德說過：「沒人能保守祕密，即使他（她）緊閉雙唇，指尖也會說話，每一個毛孔都在洩露祕密。」

不過，他還是隱瞞了徐麗麗參與試驗的事實。眼下，他又要保守祕密了。他與聯邦調查局合作的事情，不能對徐麗麗說出來。她是一名優秀的記者，卻不是一個好演員，過早讓她知道他們將作為誘餌來抓凶手，很有可能會暴露整個計劃。

他在外面奔波了一整天，回來後，本想先去找徐黃河的，交流一下將要執行的整個計劃。他看見徐黃河在實驗室裡忙碌，便先去男更衣室，洗完澡馬上來到休息室。

　　徐麗麗在休息室裡披頭散髮的，聚精會神盯著電視螢幕，手上握著一瓶威士忌，聽見腳步聲，抬頭一見是史蒂夫。她不慌不忙地喝了一口酒，繼續盯著電視螢幕，不搭理丈夫。此時此刻，她的心情相當低落，鼓著翅膀飛逝的時間，是她最大的敵人。她隨時都會遭遇不測，但她又拒絕承認這種倒楣的事情真的會落在自己頭上，心裡七上八下的，很不爽。

　　「麗麗，你怎麼啦？」史蒂夫關心地問道。他當然明白她的心情。這兩天，她盡做出格的事情，總是莫名其妙亂發脾氣。眼下她大口喝著酒，腳丫子交叉著擱在床架上。她喝酒容易上臉，一杯下去臉就紅了，說話也就沒了分寸。這種時候安慰的話是徒勞的，只有等他抓住凶手，她自然會正常起來。於是，他拉了一把椅子坐下來，守在她邊上，默不作聲。

　　徐麗麗喝著悶酒，猛然想起今天是聖誕夜，原本可是要去參加小區的派對。現在史蒂夫禁止她邁出科學研究所，好像是監獄的囚徒似的。她陷入深深的絕望，可又不甘心被命運擺布，便冷不丁地扯著嗓子說：「我要去參加派對。」

　　史蒂夫原本還不知道如何開口說這件事，經她這麼一鬧，正好順水推舟，便假意地問道：「你是說小區的慈善派對嗎？好呀，明天我陪你去。」說著，用手撫摸了一下她的頭髮。

　　因為實驗室可能有內鬼，聯邦調查局的 3 名探員不想打草驚蛇，因此就在外面的車上，密切監視著周圍的動靜。早上在

紐約聯邦調查局的會議室，科茨改變了原先的會議內容，把他們的案子列為重中之重，在會議上加以部署抓捕凶手的方案。再過一會兒，有更多的聯邦便衣會前來保護他們。

徐麗麗並不知曉這些情況。她滿臉困惑地看著史蒂夫，沒想到他答應得這麼爽快，沒法發洩心裡的怨氣了，不由得拔高了聲音，詫異地說：「是你說的，不許反悔！」

「當然。」史蒂夫微笑著，身子一挪便躺倒在床上，似乎是一瞬間便睡著了。

徐麗麗放下酒瓶，注視著邊上熟睡的史蒂夫，聽著他均勻有律的呼吸聲，她脆弱的神經，也一起一伏地灼燒起來。他平靜安穩的睡姿，竟讓她嫉妒得生出一股「無名火」，心情更加鬱悶，便下意識地隨手一巴掌，重重地扇在史蒂夫的臉上。

史蒂夫驚醒了。只見徐麗麗睜大了眼睛，面目猙獰異常，完全是一副陌生的模樣。在他看來，她簡直有點神經質，便質問道：「你幹什麼呀？你有病啊？」

「是的，我有病，怎麼著吧？」徐麗麗歇斯底里，咄咄逼人地回擊。

「有病去看醫生。」

史蒂夫太累了，得好好地休息，馬上就要參與抓捕凶手的行動。徐麗麗就要脫離危險了，他如釋重負地，翻身面向牆壁繼續睡覺。

徐麗麗委屈極了，淚水順著臉頰流了下來。她關了燈，在

黑暗裡哭一陣兒，頭靠在床沿上再想一會兒，不知不覺迷迷糊糊地睡著了。

也不知道過了多久，她睜開眼睛，發現自己躺在床上，也不知道史蒂夫去哪兒了。她懶洋洋地靠在床頭，無意起床，拿起酒瓶一口接一口，使勁地喝著。忽然，她想起來了，剛才靠在床沿上睡著了，是史蒂夫把熟睡的自己抱上床的嗎？

眼看一瓶就快喝完了，她傻傻地看著酒瓶子，抱著酒瓶站起來，走到洗手間把剩下的威士忌倒進馬桶，狠狠地按下抽水把手，看著黃色液體被水沖走。

她已經無所謂了，反正意外遲早會發生，恐懼也沒有用。為了心愛的史蒂夫，她得勇敢面對現實，也不想亂發脾氣傷害他，更不想傷害深愛她的哥哥。

這樣一想，她走出休息室去找史蒂夫和她哥哥，決定走出「平行時空科學研究所」，哪怕她的生命所剩時間有限，也絕不低頭認輸。

第 30 章

　　上午 10 點整，史蒂夫和徐麗麗離開「平行時空科學研究所」，前去參加社區舉辦的派對，慶祝耶穌基督的誕生，同時為無家可歸的流浪者募捐。

　　他們到達學校的時候，大門口人來人往人聲鼎沸，整個大樓張燈結綵裝飾一新，一棵超大的聖誕樹矗立在大禮堂裡，樹下大大小小的禮物盒堆成小山般，烘托出濃濃的聖誕氣氛。

　　徐麗麗走近聖誕樹，把帶來的禮物盒擺在樹下，然後朝四周望過去，發現來客幾乎全是陌生人。她心生疑惑，回頭想跟史蒂夫說些什麼，他不見了蹤影。

　　這時，史蒂夫的老闆彼得端著一杯酒，走來向她打招呼：「麗麗，史蒂夫呢？」

　　「他 —— 他剛才還在這裡呢。怎麼……」徐麗麗扭頭向門口張望，史蒂夫也不在那兒，便又看向自助餐臺。她看見史蒂夫端著兩杯雞尾酒，微笑著向自己走來，頓時鬆了一口氣。

　　史蒂夫遞了一杯酒給徐麗麗，見彼得正和她在交談，笑著向上司問好：「彼得，你這麼早就到了？」

　　彼得詭異地笑道：「這種場合我可不能遲到，對嗎？」

　　他們寒暄著朝自助餐臺走去。餐臺上擺滿豐盛的菜餚，有串燒雞、火雞、烤牛肉、煎鮭魚，還有蔬菜沙拉、小豌豆、

以及乳酪蛋糕，吧臺上各式飲料應有盡有，紅葡萄酒、白葡萄酒、咖啡、熱巧克力。

徐麗麗喝著紅葡萄酒與彼得閒聊，視線卻始終追著史蒂夫，不曾離開半步。酒過三巡，她已然微醺，搖晃著走去餐桌拿了兩片鮭魚。再回頭，史蒂夫從她的視線消失，不見了。她的臉色立刻凝重起來，酒醒了一半，放下餐盤繞著禮堂轉了一圈，依然沒有他的影子。她轉身向門外走去，卻被彼得叫住了：「麗麗，你要走了嗎？」

「沒有，我出去透透空氣。」

徐麗麗撇下彼得，疾步走到禮堂外面，繞著學校走了一圈去尋找史蒂夫。眼下，她並不擔心自己的安全會受到威脅，反倒擔心史蒂夫遭暗算。她突然間想明白了一件事情：今天如果她發生意外死了，史蒂夫一定是被女人纏上，掉入她們設下的陷阱。他會因為深深的負疚，把自己囚禁在心牢內痛苦不堪一輩子。

可能這就是他們的命運！

她突然領悟到，一個人的命運猶如無底深淵，當你看向它的時候它也在回望你，而就在那一刻，你知道自己想要的究竟是什麼了。即便她無法逃脫命運的安排，無論如何，史蒂夫不能重複詹姆斯的悲劇，帶著負罪感活下去。

眼下，距離發生意外的時間越來越接近，她和史蒂夫一分一秒都不能分開，否則很有可能被壞蛋鑽了空子。

她在學校外圍轉了一圈，沒有看見史蒂夫的影子，便加快腳步返回學校的大禮堂。此時參加募捐的人也開始多了起來，她在人堆裡四下張望，依然沒有看見史蒂夫，這回就連彼得也不見了。

　　她樓上樓下找了一遍，就連洗手間都找遍了，最後在遊樂室的洗手間門外，聽見裡面傳出異樣的聲音。她湊近門縫，豎起耳朵聽，是史蒂夫的說話聲。

　　「史蒂夫，是你在裡面嗎？」徐麗麗一邊敲門，一邊發問。

　　……

　　徐麗麗發急了：「史蒂夫，我知道你在裡面。」她加快敲門的頻率大聲叫道：「史蒂夫，開門，開門。你快開門。」

　　洗手間的門打開了。

　　史蒂夫站在門口，尷尬地看著徐麗麗，剛想張口解釋。從他身後傳出女人嗲聲嗲氣地驚叫聲：「嗨，史蒂夫，我們才剛開始呢，你就 ——」

　　女人赤身裸體，兩條雪白的手臂纏在史蒂夫的腰際，「咯咯咯咯」笑得放縱而不知廉恥。史蒂夫企圖擺脫女人的糾纏。他越是用力掙脫，她的腰肢柔軟得猶如一條蛇，緊緊地貼在他的背部。

　　史蒂夫驚慌地連忙解釋說：「麗麗，你聽我說。事情不是你想的那樣的。」

　　徐麗麗哪裡還能聽得進解釋，她簡直不敢相信自己的眼

睛。儘管她知道這是一個陷阱，可是面對眼前的情景，還是有些無法接受。她的目光轉向史蒂夫，狠狠地瞪了他一眼，掉頭便走。

她傷心地流著眼淚，顧不得穿走寄存在客房的大衣，慌慌張張地衝向大門外。

史蒂夫見狀，奮力掰開女人的手臂，急忙地追了出去。他剛到達校門口，聽見「啊」的一聲尖叫。一輛飛馳的摩托車瘋狂地撞向徐麗麗，她被撞飛了起來，重重地摔在路中央，接著傳來汽車輪胎鎖死，橡膠摩擦柏油馬路的剎車聲。那輛肇事摩托車稍作停頓，開足馬力，朝路旁的一條岔道疾馳而去。

史蒂夫頓時兩腿發軟，呆呆地站在原地，不可置信地看著眼前發生的一幕，剎那間彷彿靈魂出竅，愣住了！

瞬間過後，他絕望地跑向徐麗麗，跪在地上把她抱在懷裡。藉著黯淡的路燈，他見徐麗麗緊閉兩眼，灼熱的鮮血順著她的額頭流下來，心不由得抽搐了一下，忍不住驚叫道：「麗麗，麗麗，你醒醒，你醒醒啊。」

「啊呀，好像出車禍了欸……」

「她昏過去了 —— 叫救護車了嗎？」

「看樣子傷得不輕啊？」

路人們紛紛圍攏過來，大家七嘴八舌地議論著，史蒂夫急得朝人們大聲叫喚：「快打 911，拜託了！」

情急慌忙之中，史蒂夫在人群中發現了科茨和傑森·摩

爾，也正關注著徐麗麗的傷勢。當他的目光與科茨相遇的時候，傑森‧摩爾在一旁看見了，立刻說道：「你放心，救護車馬上就到，肇事者逃不了的，警車已經追過去了。」

史蒂夫聽了之後略感心安，但還是不停地抬腕看錶，救護車趕到出事現場用了 8 分零 10 秒。這 8 分零 10 秒，他等得真是心焦啊，彷彿一個世紀這麼長久！他凝視著昏迷不醒的妻子，心疼、愧疚、無奈和自責，一時間萬般情緒湧上心頭，交織折磨著他。

此時此刻，在實驗室忙碌的徐黃河，透過徐麗麗手臂內的追蹤器，得知妹妹沒有躲過劫難，意外還是發生，而且還提前發生了。他焦急萬分，心如刀絞，立刻放下手頭工作趕到醫院。

在醫院的手術室外面，他看見史蒂夫雙手撐著腦袋，坐在走廊的椅子上，面如死灰。他顧不上走廊上還有其他人，只管發洩心裡的感受，對著史蒂夫劈頭蓋臉厲聲質問：「史蒂夫，你是怎麼答應我的？我真不該相信你，我錯看你了。不，這全是我的錯。是我無能，哦，上帝呀……」

史蒂夫抬頭望著徐黃河，嘴唇上下蠕動，露出一口雪白的牙齒，竟然說不出一句話來。他也不想為自己辯護。被徐黃河不問青紅皂白，怒氣衝衝地指責，他的心裡反倒舒服一點。現在他只有一個願望，希望徐麗麗能夠堅強地挺過來，再大的委屈都願意承受。

　　傑森‧摩爾自打意外發生後，始終陪在史蒂夫的身旁，直到徐麗麗被推進手術室。其實他的心裡也非常自責，警察局和聯邦調查局在學校的裡裡外外布置了充足的警力，把來賓的身分全都過濾了一遍，保護措施可說是萬無一失。誰能預料慈善會還沒有開始，徐麗麗突然衝向馬路中間，事故突然發生了。

　　這只能證明犯罪團夥心狠手辣，狡猾奸詐，他們想幹掉徐麗麗和史蒂夫的決心，非常堅定。徐黃河一味地責怪史蒂夫，似乎有欠公平。在他看來徐黃河是科學家，研究的科學項目相當尖端，他們下一個襲擊的目標很可能是他也說不定。

　　傑森‧摩爾想到此，便主動上前與徐黃河打招呼說：「你好，我是傑森‧摩爾，紐約警察局助理總警監。如果我沒猜錯的話，你是徐麗麗的哥哥吧。對於徐麗麗的傷勢，我感到非常遺憾。你有什麼疑問，可以問我。」

　　徐黃河的目光立刻轉向傑森‧摩爾。今天早上，他就是因為聽了史蒂夫的話，紐約警察局和聯邦調查局將聯合起來，保護他妹妹的安全，這才放心讓她走出科學研究所。結果意外還是發生了。理智上他明白不該怪他們，但是感情上卻接受不了，心裡彆扭不願搭理傑森‧摩爾。

　　史蒂夫見此情景，站起來，悲痛地向徐黃河介紹徐麗麗的病情：「麗麗因為顱骨多處骨裂，腦組織移動了位置，出現嚴重的腦氙現象，處於腦死亡狀態，不得不接受開顱手術。」

　　徐黃河因心生悶氣，依然不吱聲。不過他惦記著妹妹的病

情，似乎要做最壞的打算了。他思索著下一步的計劃，以防她的情況進一步惡化。

這樣一想，他抬腕看錶：11 點 35 分，手術已進行了 1 小時 5 分鐘，可能還要持續兩三個小時。他對和他一起來的埃倫說：「我們要早做準備，準備把麗麗接回去。你先回科學研究所安排，我在這裡盯著，我們隨時聯絡。」

「好，那我先走了。」埃倫答應著轉身就走，也沒來得及與史蒂夫和傑森・摩爾打招呼。

徐黃河點頭默認。

經過 4 個半小時的焦急等待，徐麗麗終於被護士推出手術室，徐黃河和史蒂夫立刻圍上來。

徐麗麗躺在病床上，鼻腔裡插著管子，由於剛剛做過開顱手術，她面部充血，眼睛腫得只剩一條細縫。史蒂夫的心被刺得痛極了，淚水不由自主地順著臉頰流下來。

傑森・摩爾走上前，扶著史蒂夫的雙肩，把他拉到一旁安慰道：「很遺憾，徐麗麗傷勢這麼嚴重，現在你什麼都不能為她做。走，去聽聽醫生怎麼說。」

主治醫生正好從手術室出來。他們立刻圍上前去詢問情況。徐黃河望著生命垂危的妹妹，強忍眼淚問道：「我是徐麗麗的哥哥，她的情況怎麼樣？請你如實告訴我。」

這樣的情形主治醫生見多了，因此簡要地介紹說：「徐麗麗送來的時候，已經不省人事了。坦率地講，她現在無法自主呼

吸,只能透過儀器勉強維持生命。接下來,就要看她自己的生存意志了。」

徐黃河當然明白他妹妹目前的處境。她改變了時間線,反而使得「意外事件」提前發生,並且是以另一種形式出現。如此一來,他之前準備的補救方案,也就於事無補了。他必須另外想辦法來挽救的生命,便焦急地問道:「請問,她治癒的可能性是多少?」

「她的情況很不樂觀。她的腦幹反射消失,腦電波消失,康復的機率只有 1%,恢復清醒的機率幾乎為零。」主治醫生坦言,治癒徐麗麗的希望很渺小。

「我要把她帶回去。埃倫是生物學工程專家,也是特別棒的醫生,我們來照顧她。」徐黃河的視線沒有離開妹妹。他機械地說了這番話,卻緊鑼密鼓地反覆思量,醞釀一個挽救妹妹生命的方案。

「不行。她現在尚未脫離危險,還是留在醫院穩妥。」主治醫生非常擔心,拒絕了徐黃河的要求。

徐黃河態度堅決地對主治醫生說:「我堅持。」

今天早上就在徐麗麗出事之前,他意外地獲悉一個驚人的好消息。徐長江在螢幕那端興奮地告訴他:「黃河,吉姆攻克了一大難題,麗麗的意識下次跨越『前時空』,至少能停留 3 個月……」

未等徐長江說完,他已經興奮起來,竟下意識地露出難得

的笑容，大聲說道：「太棒了！這是大突破呀。」

誰知他話音剛落，便傳來麗麗遭遇不測的消息。

愛因斯坦說過：「時間是不可逆的！」

過去的已經過去，他無法挽回。興許，他能改變未來。但是改變未來的前提條件，妹妹的心臟不能停止跳動。情急之下，他想到一個絕妙的方法：使用障眼法迷惑肇事者，讓他們以為妹妹已經去世，盡快安排她的意識跨越「前時空」，在那兒稍作停留，安全就有保障了。

徐黃河看著主治醫生，以毫無商量的語氣說：「我帶她回家，現在就走，請你簽字吧。」

「那好吧，我派救護車護送她。」主治醫生只能答應了。

史蒂夫見他們要把徐麗麗送走，立刻急眼了：「我不同意。徐麗麗是我太太，我不放棄治療。」

「誰說放棄治療啦？」徐黃河的臉色相當難看。他依舊望著妹妹，語氣略帶責備地說道：「史蒂夫，是你說服我的，說保安措施萬無一失，我相信了你。她現在 ── 」

徐黃河哽咽地低頭，說不下去了。

「我……我 ── 」史蒂夫銳氣頓失，無話可說。他知道，徐黃河在科學研究所一定有挽救麗麗的辦法。此時固執己見對麗麗不利。

傑森・摩爾立刻解釋道：「對不起，徐先生。這不能全怪史蒂夫，我也有責任。」意外發生的時候，他正巡視到學校的大門

口，親眼看見徐麗麗衝到大街上，摩托車撞飛她倒在血泊裡，就是一眨眼的工夫。

徐黃河緊繃的臉，此時略顯鬆弛一些。他接下來的計劃需要警方和聯邦調查局的配合。而且他明知會有意外事件發生，無論誰都無法阻止，他現在找碴顯然沒道理。

主治醫生見此情景，看著徐黃河追問道：「你們決定了嗎？」

徐黃河點點頭，然後退後幾步，示意史蒂夫和傑森‧摩爾過去。他放低聲音問傑森‧摩爾：「警官，你能護送麗麗返回科學研究所嗎？」

「當然，我很樂意效勞。」傑森‧摩爾一口答應。

徐黃河馬上說道：「謝謝。你去準備掩護車輛和護送人員，我有一個回實驗室的方法，這個方案需要主治醫生的配合，由我和史蒂夫去辦。現在我們分頭行動，越快越好！」

第 31 章

　　12 月 24 日晚上 7 點整，全美各大報刊的副刊和網路新聞網站，發表了一則訃告：

訃告

　　全美環球電視臺記者徐麗麗，生於 1997 年 1 月 15 日，華裔，因車禍腦部受重傷醫治無效，於 2019 年 12 月 24 日下午 7 點 30 分，在親人的陪伴下辭世，終年 22 歲。遵從徐麗麗女士的遺願，火葬地點不對外公開，葬禮一切從簡。特此訃告。

史蒂夫・李，徐黃河哀告

2019 年 12 月 24 日

　　在「梅森投資集團」的總裁辦公室，彼得・沃勒克手上夾著一支雪茄菸，站在落地窗前居高臨下，眺望著遠方的天際線，悠然地吞雲吐霧，等待著一個盼望已久的好消息。

　　「梅森投資集團」的大樓位於華爾街 121 號，總共 84 層，是曼哈頓下城最美麗的超高摩天樓，落成於 1929 年，是當時全世界最大的建築物，占據了金融大道整整一個街區，而大樓對面蜿蜒流淌的東河，彷彿總是默默地、忠實地陪伴著「梅森」。

　　這一帶是紐約的金融區，被當地人戲謔為 FiDi，集中了眾多國際金融機構的總部和辦事處，以及紐約證券交易所和紐約

聯邦儲備銀行，當然還包括華爾街的投資銀行，使紐約自然成了世界金融和經濟中心的重要原動力。

在華爾街的 9 大投行中，「梅森投資集團」可說是華爾街的核心，提供給員工平均百萬美元的年薪，從事著證券發行、承銷、交易、企業重組、兼併與收購、投資分析和風險投資項目的融資業務，是資本市場的主要金融仲介機構，被稱為銷售方（Sell Side）。

而與投行（投資銀行）業務對應的養老基金、教育基金、保險公司、共同基金、對沖基金和私募基金，則組成了世上「我最大」 —— 投行必需求我的傲慢的購買方（Buy Side）。

所以像「梅森」這樣的投資集團，員工因為公司「銷售服務」的本質，他們不得不整天抱著電話簿，守在電話邊銷售股票和債券，好似狗一般地叫賣吆喝，都戲謔自己是「賣方狗」。

不過作為全球領先的投行，「梅森」所從事的並不只是投資銀產業務，他們尤其擅長機構客戶服務、投資與借貸和投資管理，是全球盈利能力最強的跨國投資銀行，為公司、金融機構、政府與高淨值個人在內的各類客戶，提供金融一站式服務，規模之大可謂全球之最。

在「梅森」重要的客戶名冊中，馬特奧·魯索絕對是一個非同尋常的客人，他的黑社會教父身分，對於彼得·沃勒克有著非同尋常的意義。他們維持了長達 10 年的生意往來，馬特奧為彼得帶來了巨大的經濟利益，當然這種利益輸送也是你來我

往的。

　　他們維繫著利益共同體，難免會計算和權衡得失，有時候會在你來我往的糾葛中，越糾纏越無法分清你我，猶如兩條線糾纏成一隻下降的螺旋，只能捆綁在一起往下沉。

　　彼得深深地吸了一口菸，抬起頭，向空中緩緩地噴著煙霧。突然，牆上的大螢幕發出聲響，顯現了一個人的頭像，是他的祕書貝爾·羅斯，來向他匯報工作了。

　　「羅斯，情況怎麼樣了？」

　　「彼得，徐麗麗死了。」羅斯驚慌地說。

　　「什麼？」彼得聽了一愣。他氣得眉毛倒豎，雪茄菸往地上一扔，右腳尖狠狠地踩上去，咬牙切齒地罵道：「他媽的，一群廢物！誰讓他們弄死她了。她死了，史蒂夫還會乖乖聽話嗎？他媽的蠢蛋。」

　　羅斯焦急地問道：「我們怎麼辦呢？」

　　「我親自跟馬特奧解釋，你別管了。」

　　「好吧。」

　　牆上螢幕的頭像消失了。

　　「這群廢物。」彼得一邊罵，順手從桌上拿起手機，思量著該用什麼樣的措辭，去跟馬特奧談論這件事。

　　在「平行時空科學研究所」，徐麗麗躺在實驗室的床上，史蒂夫陪伴在她的身旁，心情極其複雜。他親吻著她的額頭，嘴裡咕噥著：「對不起，親愛的，我對不起你。」

　　昨天，為徐麗麗辦理出院手續的時候，徐黃河向他和盤托出事情的來龍去脈：徐麗麗從「前時空」獲得了「天機」，得知他將陷入被人暗算的陷阱，便自說自話單獨行動，去古根海姆美術館，成功阻止了海倫的陰謀，結果闖下大禍，導致意外事件提前發生。他這才恍然大悟，一切的一切都解釋得通了。

　　一旁的埃倫正為徐麗麗輸液，準備進行她的第 4 次跨越「前時空」實驗。他見史蒂夫懊惱的模樣，連忙安慰說：「史蒂夫，麗麗不會有事的，我們不會讓她出事情的。」

　　徐黃河一面關注著巨型智慧檢測儀，等待徐長江發來信號，一邊想著埃倫的話。

　　在「前時空」，徐長江得知麗麗遭遇不測，也說「她不會有事的」。因為徐長江的科學實驗得到了證實：由於人的大腦只是意識的接收器和放大器，是擁有意識的生命構成了宇宙，而人的意識也是實質物體。即便麗麗的大腦處於停頓狀態，但儲存在她腦細胞微管裡的意識訊息，卻仍然在活動，那是超越肉體的「量子訊息」，也就是人們所理解的靈魂，是可以「永遠」儲存在徐美美的複製體內的。而兩個時空互相對應的人，他們之間不會產生牴觸。他已經做妥了準備工作，能夠保證麗麗的生命安全。

　　「現時空」，徐黃河正回味著徐長江的實驗結果，他看見巨型的大螢幕上，出現了徐長江和吉姆的身影。

　　頓時，所有的人都屏住呼吸，等待徐黃河發出實驗開始的

指令。

　　徐黃河看了看史蒂夫，又愛憐地望了一眼妹妹，然後毫不猶豫地命令道：「大家注意了，第 4 次量子隱性傳送實驗，現在開始。」

　　埃倫立刻為徐麗麗戴上「戒指」，並輕輕地把她的鐵床，推向超高維度智慧機的前面。

　　史蒂夫也跟了過去。他好奇地盯著徐麗麗的臉龐，屏住呼吸，不想放過她臉上的細微變化。

　　奇妙的事情發生了！

　　徐麗麗安靜地躺著，臉上沒有任何反應，卻見牆上的大螢幕上，「徐麗麗」從徐長江的身後探出臉來，微笑地向他們招手：「嗨，你們好！史蒂夫，你好嗎？」

第 31 章

第 32 章

　　徐麗麗的意識穿越到「前時空」，已經 13 天了。她住在徐長江的家裡，努力適應著眼花繚亂的陌生環境，唯一熟悉的地方，就是徐美美的臥房了。

　　她生活的時空與這裡的「前時空」，相差了整整 28 年，然而第一次踏進徐美美的臥房，卻還是大吃一驚。因為徐美美結婚前的房間布置和家具擺設，竟然跟她的臥室一模一樣：

　　靠窗的角落擺放著一排書架，五彩的落地燈緊挨其旁，床頭櫃上的檯燈亮著，柔軟微弱的光線，從雪白的燈罩下散發出來，照射在對面低衣櫃上的一幅油畫上 —— 兩棵向日葵在藍天白雲下，迎著太陽競相綻放。那是她 16 歲生日的時候，史蒂夫送給她的生日禮物。不，準確地說，這幅畫作是徐美美 16 歲生日時，詹姆斯送給她的禮物！

　　徐長江站在一旁，見徐麗麗嘴巴微張，一副不可置信的模樣。他微笑著解釋說：「美美大學一畢業，就搬到詹姆斯那兒去了，她的房間我一直沒動過。」

　　徐麗麗聽了徐長江的話，暗自稱奇。她和徐美美一樣，大學畢業後便離開皇后區的老宅子，迫不及待地搬去和史蒂夫同居，她哥哥就成了「空巢老人」。後來她哥哥也離開老宅，在曼

哈頓租了一套公寓方便上下班。只有節假日，他們兄妹才會相約在餐館吃飯，聚在一起聊聊天。

原本，她不覺得離開哥哥有何不妥的地方，來到「前時空」的這些日子，她感受到了哥哥的真誠關愛。現在回想起來，多虧了哥哥和徐長江的努力，她才得以活到今天，對哥哥，她除了兄妹之情，心裡還充滿了感激之情。

「謝謝您救了我！」她望著徐長江，說出了內心的感受。可轉眼間她又擔憂起來。她的本體遭遇惡性車禍之後，依然處於腦死亡的狀態，徐長江解釋說，由於目前的技術限制，她在「前時空」最多只能停留 3 個月。究竟是誰想置她於死地？她能否恢復健康？抑或她根本就回不去了？史蒂夫現在怎麼樣了？

她的擔憂全都寫在了臉上。

徐長江凝視著徐麗麗，對於她的心理活動一清二楚。他只能不停地安慰她：「麗麗，你目前的首要任務是好好休息。其他的事情，我跟黃河會想辦法解決的。」

徐長江嘴上安慰著她，內心卻異常著急。美美的複製體在接受了徐麗麗的意識之後，長時間待在「前時空」，興許會產生生理上的變化。那麼徐麗麗的本體在她生活的時空裡，可能也會出現異常的狀況。這些因素他和徐黃河都想到過的。如果 3 個月之內，他們無法攻克這個難關，徐麗麗就很難逃脫美美的命運了。

時間緊迫，他和徐黃河又面臨著新的考驗！

這天早上，彼得‧沃勒克提前來到辦公室。他點燃一支雪茄，習慣地站在落地窗前，望著盡收眼底的東河，思考著下一步的計劃。突然，牆上的大螢幕上，傳來祕書羅斯的聲音：「彼得，彼得……」

彼得慢悠悠地坐回到皮椅上，兩只腳往辦公桌上一擱，不慌不忙地問道：「你慌什麼呀？」

「彼得，徐麗麗沒有死，她的靈魂穿越去『前時空』了。還有一個重要的情況，海倫的電腦被駭客了。」螢幕上，彼得的祕書貝爾‧羅斯焦急地問：「我們怎麼辦？」

彼得聽了一怔，腳一抖，身子差點栽倒在地上。他馬上強作鎮定，卻還是氣急敗壞地吩咐道：「貝爾，你馬上過來。立刻！」

他早就應該預料到的。徐麗麗的死亡訃告是一個障眼法，教堂裡擺放的棺枢，鬼知道裡頭放的是什麼東西。他原本以為在這個地球上，只有他們掌握「量子隱性傳送」技術，現在又多了一個競爭者，可以斷定未來在這個領域的利益爭奪戰，不是你死，就是我亡。直覺告訴他，必須搶占先機行動起來，勝利的希望才有可能會掌握在他們這邊。

他暗自慶幸，馬特奧沒有因為他的失誤 —— 失手撞死徐麗麗，在電話裡向他發脾氣。好在奉命執行任務的小子，是他用3個比特幣（相當於一萬美金），從暗網上招募來的殺手，又便宜、又好用、又安全，絕不可能追查到他的頭上。他從馬特奧

那裡獲知，FBI 已經開始保護史蒂夫和徐長江，他們不再方便採取行動，得暫時隱藏起來。

　　他沉靜了片刻，短短一分鐘，便產生了一個絕妙的計劃，一個大膽的決定。如果他的計劃成功，無異於挖到一座大金礦，將提供更多的資金進行「量子隱形傳送」研究。萬一計劃失敗，產生虧損，輸掉的金錢也不用他掏腰包。

　　彼得正暗自得意，只聽羅斯開門進來，並且追問了一句：「彼得，你有何吩咐？」

　　彼得眼珠骨碌一轉，略一沉吟，吩咐羅斯：「你馬上去追蹤徐麗麗的本體位置，嚴密監視史蒂夫的動靜。」

　　「我知道了。」羅斯臉上帶著疑惑，轉身走出辦公室並帶上門。

　　在「前時空」，這天早上，徐麗麗醒來朝窗外看出去，外面鵝毛大雪紛紛揚揚，猶如數不清的白蝴蝶漫天飛舞。她跳下床，光著腳丫子走近窗前，看著白雪密密麻麻地飄落下來，一座座屋頂若隱若現，宛若蓋上了一層白色紗巾，地上也彷彿鋪上了雪白的地毯，天地間一片白茫茫。

　　她盯著窗外的景色，有些入神了。

　　「麗麗，我去實驗室了，有事給我電話。」徐長江在自己的臥房，透過電話遠程控制系統，跟徐麗麗道別。

　　「哦，知道了。今天禮拜天，我來準備晚飯，記得回來吃哦。」

她已經計劃好了，過一會兒邀請詹姆斯過來，禮拜天，3個人團聚吃一餐飯，聊聊天，就像他們過去的日常那樣。她這樣想著的時候，不由得思念起史蒂夫和哥哥徐黃河。

　　眼下，她的本體還躺在「後時空」實驗室的床上，史蒂夫和哥哥的心情一定不好受。她不在了，他們要怎麼過週末呢？她越想越不是滋味兒，淚水順著臉頰流下來。她淚眼汪汪地來到洗手間，傻傻地望著鏡子，發現鏡子裡的自己臉龐鬆弛，眼袋明顯突出，眼角邊多出好多魚尾紋，看上去好似中年婦女。

　　她頓時驚慌起來，想起兩天前，隔著大螢幕與史蒂夫對話。他還問她來著：「麗麗，你的臉怎麼了？好像變了模樣。」

　　她當時聽了也沒放在心上，以為是來到「前時空」，因時空差異的緣故，令她的樣貌與往常不同。現在她似乎有些明白了，畢竟她的身體是美美的基因複製，前幾次跨越「前時空」，因為時間短暫，尚未發現複製體的機能變化。

　　她也因此而理解了，為什麼她的「心」和「身體」，會不受大腦的控制。大腦分明清楚地知道，史蒂夫才是她的丈夫，而「心」卻背叛大腦，常常不自覺地想念詹姆斯，「身體」也禁不住地想靠近他。就好比眼下，她的「內心」真正需要，甚至渴望見到的人是詹姆斯。難道這就是人們所說的「靈魂附體」嗎？

　　徐長江是物理科學家，她「身體」上的生理變化，他一定早就察覺到了。他咬緊牙關不點破，是科學家的嚴謹呢？抑或根本就不是好兆頭？她下意識地盯著手指上的戒指，耳邊響起她

哥哥曾經說過的話:「這枚戒指是一個內置傳感器,能記錄你的生命體態,它的計算功能足以運送衛星上天……」那麼,她哥哥在另一個時空內,也應該關注到她的生理變化,為什麼他也閉口不談呢?

想到此,她等不及了,急匆匆地梳洗完畢,早餐也顧不上了,走到門口雙手撐開,一件外套便自動上身。她身子一閃來到門外,踏上一輛四軸飛行器,朝曼哈頓方向開去。她渴望見到詹姆斯,如果能夠靠在他那寬闊的肩上,傾訴內心的焦慮,便會感到無比幸福。

在紐約市地方檢察辦事處,地方檢察官蘭斯·夏普靠在大背椅上,手裡擺弄著一支派克金筆,不時地瞇縫起眼睛,傾聽助理檢察官林健匯報近來的工作。

美國的檢察體制,具有「三級雙軌、相互獨立」的特點。所謂的「三級」是指聯邦、州和市鎮的三個政府「級別」,而「雙軌」則分別由聯邦檢察系統和地方檢察系統行使,二者平行,無論「級別」高低和規模大小,都是相互獨立,互不干擾的。

聯邦檢察系統的首腦是聯邦檢察長,同時也是聯邦的司法部長,主要職責是制定聯邦政府的檢察政策並領導司法部的工作。雖然他(她)是聯邦政府的首席檢察官,但只在極少數案件中代表聯邦政府參與訴訟,而且僅限於聯邦最高法院和聯邦上訴法院審理的案件。

州檢察長一般由本州公民直接選舉產生,大多都採取政黨

競選的方式獲選，任期為 4 年，負責調查、起訴違反聯邦法律的行為，並在聯邦作為當事人的民事案件中代表聯邦政府參與訴訟。警察機關在刑事案件的調查和破案過程中，都將接受他（她）的指揮。

蘭斯‧夏普是以民主黨的身分參加競選，獲勝後當選為紐約地方檢察官的。由於紐約州位於美國東部沿海地區，是全美經濟最發達的州府，擁有最大的城市紐約市。這裡移民眾多，20%的居民出生在美國之外。而紐約州內擁有多個聞名全球的高等學府，思想開放，自由主義風氣盛行，是民主黨的堅定追隨者。在最近的兩次大選中，民主黨在紐約州的競選，都取得了完勝。

當然，地方檢察官是蘭斯政治家職業生涯的起點，說穿了，這是一份「臨時性」的工作，充其量是他通向終極奮鬥目標——坐上美國總統寶座的「跳板」。

蘭斯心裡明白，自己還有相當長的一段路要走，必須全力以赴投入其中，拿出一份漂亮的成績單，爭取 4 年後連任，然後參加競選紐約州檢察長，就像比爾‧克林頓那樣達到目標。

林健站在一旁，見上司認真地聽著，便遞上自己的 iPad，屏面上顯示著紐約銀行股的買賣交易記錄，便繼續匯報說：「我想談談梅森集團，這兩個月梅森瘋狂購買紐約銀行股，金額非常巨大。目前有 3 家公司跟風，大量買進紐約銀行股，我們要不要立案調查？」

「嗯，這個已經不是新聞了。早上證監會的埃德華‧霍恩闖進來，身後跟著聯邦調查局的人。霍恩也發現梅森集團有問題，要我立案，被我給擋回去了。他們要是證據確鑿，為什麼自己不立案，要來調動我的資源調查呢？」

蘭斯把手上的金筆隨手一扔，起身說道：「自從新總統上任後，梅森的買賣交易，全都踩在點子上，你不覺得奇怪嗎？要是沒有內幕消息，這怎麼可能呢？等我養肥了他們，到時候跟彼得‧沃勒克算總帳。」

「哦，你這是『放長線釣大魚』啊！」林健笑著收起 iPad，手一揮說道。

「嗯。你盯緊他們，發現情況及時告訴我。」蘭斯叮囑了一句，心裡暗想：現在證據還不充足，就是把彼得‧沃勒克抓進來，等他的律師團隊一到，經過談判討價還價，最多罰款了事。不出 24 小時，他又返回「街上」作惡去了，除非把這頭金融大鱷一劍封喉，關進大牢，天下才會太平。

林健聽了蘭斯的話，立刻領會了上司的意圖。他們曾經同在一個律師事務所共事，他的辦案能力受到蘭斯的賞識。在這個兩百多人的辦事處，他的地位是一人之下，百人之上 ── 辦公室的第 2 號人物，直接向蘭斯本人負責和匯報工作。也只有像蘭斯這樣高級別的資深地方檢察官，可以起訴轄區內的重大案件，以及在社會上影響更廣泛的案件。

所以，當蘭斯競選獲勝就任地方檢察官，第一件事情便是

搭團隊，說服他當助手。

話說「一朝天子一朝臣」！

每個檢察官新上任時，都會帶來一批自己信任的助手，同時解僱一些原來的工作人員，造成助理檢察官的「流動性」：即失業率相當高。這是檢察官的「政治性」所決定的，也是助理檢察官的職業特點。

一般來說，助理檢察官的薪水待遇普遍比較低，所以很多人都把這個職位當作「實習」的機會，跟在檢察官身邊工作幾年，積累一些審判的實踐經驗，然後搶在下一輪競選之前，紛紛「跳槽」另求發展。助理檢察官的「流動性」嚴重影響了檢察工作的職業化，也影響了執法工作的效率和連續性，這是美國司法系統的弊端。

而林健看好蘭斯的潛在能力，堅信他的政治理念。當蘭斯說服林健作為他的助手，承擔具體案件的調查和起訴工作，負責重罪刑事案件的時候，像是侵犯人身罪和財產罪，尤其是詐騙罪的收案、預審聽證、大陪審團調查、法庭審判和上訴等階段的檢察工作，他無不全力以赴執行命令。

眼下，他必須監督手下人員，推動並執行蘭斯制定的破案計劃，負責準備好新聞稿件，讓蘭斯可以隨時應對選民的提問。

他暗下決心，跟定了蘭斯一直走到底。

第 32 章

第 33 章

在「平行時空科學研究所」的實驗室，徐麗麗的本體依然躺在專護房的床上，身上插滿了各種管子，情況不容樂觀。

徐黃河擔憂妹妹的安危，車禍發生後一直待在實驗室，守候在她的身旁，只有埃倫來替換他了，才敢合上眼睛休息一會兒。

徐黃河的擔心也不無道理。兩天前，埃倫不忍心看他通宵熬夜，人累得已經到極限了，主動替代他來看護徐麗麗。

這天晚上，史蒂夫下了班，正好也來看望妻子。

不料，深夜兩點鐘的時候，徐麗麗突然呼吸困難，似乎一口氣換不上來，就會有離開人世的危險。埃倫立刻伸出右手的食指和中指，觸摸著徐麗麗的頸動脈，暗暗數了 10 秒鐘，脈搏沒有跳動。他馬上意識到，她因為大出血，心臟無法有效收縮，導致血液循環停止，若不及時治療，幾分鐘就會走向死亡。

埃倫急忙調整徐麗麗的頭部位置，對她實施胸外按壓，大約過了 30 秒，她的面色由紫轉為紅潤，頸動脈也有了跳動。他還是不放心，翻開徐麗麗的眼皮，用手電筒觀測眼球變動。他發現，她的瞳孔由大變小，眼球轉動對光產生了反射。他鬆了一口氣，對徐黃河說道：「她沒事了。」

徐黃河仰天長嘆一聲，兩眼含淚看著史蒂夫，心裡的怨恨

達到了沸點，忍不住抱怨道：「你看見了，你留在這裡也沒用，這裡不需要你，我不想見到你。你走吧。」

聽了徐黃河的話，史蒂夫倒吸了一口冷氣，心裡別提多委屈了。他望著躺在那兒的徐麗麗，看上去似乎很平靜，完全不知道剛才發生了什麼，以及正在發生的事情。她是他最愛的親人，看著她掙扎在死亡邊緣，要說心疼當然是他了。徐黃河卻視他為眼中釘。他淪落至此，受到這樣的懲罰，唯一做錯的事情，就是沒有及時擺脫「美人計」。他為此失去了自由的代價。現在他無論走到哪裡，起碼有 3 個聯邦調查局的探員跟在身後，他們甚至還給他配備了一名替身，身材面貌與他相仿。

當晚 8 點 05 分，他下班後急著來實驗室探望妻子，沒有按照事先約定的規則，獨自走在曼哈頓第五大道上。當他走至 34 街的轉角處，前往第六大道的時候，一位聯邦調查局的探員疾步上前，一面麻利地褪下外套，一面對他說：「我是 FBI，快把你的外套給我，有人跟蹤你。穿上我的外套，趕快離開。」

史蒂夫見來者也是亞裔，身高和體型幾乎跟他一樣，遠看的話活像一對雙胞胎。他立刻明白了，這是丹・科茨的辦案手法，以假亂真擾亂敵人的視線。

但是首先，他們必須把內鬼揪出來。

自打他和徐麗麗被跟蹤之後，他曾經在實驗室關掉所有的燈，在黑暗中搜尋針孔攝影機，尋找微小的紅色或綠色 LED 信號，留意出現的任何反光點。結果一無所獲。

他不相信自己的邏輯判斷錯了。

所以當丹‧科茨接手他們的案子，他提了一個建議，借用FBI的探測器把平行時空科學研究所徹底檢查一遍，找到隱形針孔攝影機，查出洩密者，確保實驗室的安全。所以在徐麗麗被轉移來科學研究所之前，他主動協助埃倫，根據丹‧科茨的指導，採用射頻信號探測器，仔細檢查了一遍科學研究所。這種探測器輕便小巧，操作簡單，可以透過頻譜分析儀，捕捉到普通探測器無法發現的「擴展頻譜」技術 —— 快速連續的多頻信號。結果還是一無所獲。當時他感覺危險正一步一步逼近，就是沒想到會來得這麼快，而且防不勝防。

徐麗麗剛出事的頭兩天，他生命中的陽光沒有了，心情猶如死灰一般，由開始的驚慌失措，逐漸變得頹廢徬徨，情緒低落到極點。他已經不在乎自己的安危，一副豁出去的樣子，希望能像徐麗麗那樣，毫無知覺地躺在病床上，醒來後一切都是原來的樣子。有兩次，他故意躲避聯邦探員的保護，偷偷地獨自去公司上班，盼望死神降臨在自己身上。

他這破罐子破摔的情緒，被傑森‧摩爾一眼識破了。「史蒂夫，你沒有權利逃避現實，浪費生命。這是自私、狹隘、怯懦和愚蠢的行為。你要相信正義必將戰勝邪惡。現在她 —— 你的太太需要你。漢瑞的案子需要你。我希望你為漢瑞作證。你鑰匙扣裡的錄音，即便不能作為法庭上的證據，也可作為調查案件的旁證。而且突破這起大案，我們需要你的幫助。」

　　傑森‧摩爾犀利的話語，刺激和喚醒了他潛藏在內心的不服輸的天性，促使他站起來，重新開始作戰。他深知，他的生命已經不完全屬於他自己。他肩上背負的責任，讓生命增加了重量。無論如何，他都要扛下去。

　　今晚，他在亞裔聯邦探員 —— 他的替身的掩護下，去了一趟曼哈頓的梅龍鎮中餐館，買來餛飩、生煎包、荷葉香菇蒸雞、蛋糕以及咖啡等糕點，順利到達科學研究所實驗室，給實驗室的員工當宵夜。現在，他卻被徐黃河趕了出來。他強忍委屈，離開實驗室的一剎那，淚流滿面。

　　史蒂夫回到家裡，徑直走進書房，望著書桌對面的一堵牆，牆上貼著他的客戶、公司同僚和朋友的名字。他調整了呼吸，看著牆面上的資料，迅速打開記憶的閘門，按照各種利益關係進行排列組合。

　　當海倫‧巴特勒的名字跳進他的眼簾，10 月 15 日早上 7 點58 分 04 秒，她第一次走進他的辦公室，前來應徵祕書職位……以及 12 月 23 日在慈善晚會上，她纏上自己的情景，通通在眼前放映了一遍。

　　他經過排列組合重新排列，敏感地意識到在不遠處，有一個影子總是盯著他的一舉一動。那個躲在暗處的人，就是他的上司彼得‧沃勒克。近來彼得對他顯得過分熱心，好像有什麼企圖似的。但是回想起來，倒也說不清哪裡不對勁，他只是向彼得借過一些錢，這筆錢早已還掉了。

他在彼得和海倫的名字上打了兩個圈，隨即走到書桌旁，打開筆記型電腦，一屁股坐到了高背椅子上。他閉起眼睛，足足思考了兩分鐘，果斷地新開了一個電郵信箱。他用這個匿名電郵地址，把木馬病毒植入了海倫的電郵箱。不料，她郵箱裡的訊息全部都清理乾淨了，剩下的是幾十封大品牌寄來的銷售廣告。

史蒂夫震驚之餘，嘴角露出一抹淺淺的微笑，坦然了。這是自徐麗麗出事之後，他僵硬的臉上第一次出現表情。他暗自慶幸。他的邏輯判斷能力並沒有減弱，海倫背後確實存在黑勢力，並且也知道她的郵箱被駭客，所以才把那些訊息清理掉了。他自信，有能力恢復被抹掉的訊息。

由此可以推斷出，徐黃河領導的科學研究所內部，一定有洩密者，只是目前還尚未確定是誰而已。

在這一層一層的迷霧掩護下，真相究竟是什麼呢？他想起了亨利‧彼得森的一句名言：當你無法確定事情真相的時候，follow the money（即追蹤著金錢走就能得到真相）。

亨利‧彼德森是美國的律師，曾在理查‧尼克森和傑拉德‧福特政府期間擔任美國助理檢察長。他在 1974 年參議院司法委員會聽證會上，提到了「Follow The Money」。自此之後，「Follow The Money」一詞在調查新聞和政治辯論中多次被使用。

順著這條邏輯推理的思路，史蒂夫回憶了自己身邊的所有人，追蹤金錢的流向，一一過濾最後他的目光鎖定了彼得。

彼得想從他的身上得到什麼呢？這樣一想，他索性一不做二不休，開始了反偵察的行動。他用匿名的電郵地址，把木馬病毒植入彼得‧沃勒克的電腦郵箱。

彼得的電郵信箱原本內容繁雜，他創建了文件夾來整理放置郵件，以方便記憶郵件的存檔位置。現在就像海倫的郵箱那樣，他的郵箱內除了一些廣告郵件，其他文件也被清掃一空。

幸好彼得刪除文件後，並沒有使用硬碟保存其它新數據。因此，史蒂夫推斷得出結論：彼得懷疑自己的郵箱被駭客了，所以刪除郵件後，再也沒有使用過這臺電腦。

史蒂夫冷笑一聲，心想：這樣倒方便我操作了。

他決定採用專用數據恢復程式，修復被刪除的郵件。事實上當文件被刪除時，可能是被新數據覆蓋了，如果沒有保存其它新數據，只要安裝一個便攜式文件恢復程式，便可恢復已刪除的郵件。即使郵件被徹底刪除，數據恢復程式就是最後一根救命稻草。

儘管他覺得修復數據的難度，不值一提，就是小菜一碟。但他還是全神貫注，熟練地使用 Finnix 軟體，迅速處理著修復數據程式，只等修補的結果出來。

當他完成一系列的操作程序，大概是緊張了一整晚的緣故，頓時感到疲憊不堪。他站起來走進廚房，想給自己沖杯咖啡放鬆一下。等他返回書房的時候，終於等來了結果。他在「已

刪除」的文件夾裡，發現一封郵件，日期是 11 月 25 日。點擊打開一看，身體僵在書桌前，呆住了。

第 33 章

第 34 章

「宇宙多重時空研究所」，是馬特奧‧魯索投資的研究機構，坐落在紐約北部的懷特普萊恩，隸屬紐約州威徹斯特郡的一個城市，靠近洛克斐勒城堡附近，戒備森嚴。

當年，馬特奧的父親約翰‧魯索生命垂危，在監獄裡將不久於人世。恰好就在那個時候，他得到了一份絕密情報，得知哥倫比亞大學的量子理論實驗室，建造了一臺量子隱形傳送機器，能使人的靈魂永遠儲存宇宙中 —— 人的意識可以跨越多重時空。

馬特奧敏銳地意識到，這是一個絕好的機會，一個絕佳的時刻，一旦他父親去世，便可利用量子隱形傳送機器，把他父親的「靈魂」送往其他時空，未來有一天，他和父親能夠重新團聚，利用高科技聯合起來統治世界。

馬特奧深知，創立宇宙多重時空研究所，是一件「燒錢」的事情，需要雄厚的資本作為後盾，錢當然是越多越好。他是個聰明人，研究宇宙多重時空不能指望立竿見影出成果，弟兄們拿槍舞棍用命換來的錢，是不能往無底洞裡填的，否則連本錢都將輸得精光，最好能把別人口袋裡的錢，吸引到這個科學研究項目上來。

思來想去，他馬上想到了一個人 —— 彼得‧沃勒克，此人

憑藉敏銳的商業嗅覺，在華爾街長袖善舞 30 多年，極其善於遊說客戶，他巧舌如簧，籌集資金的能力異於常人，總是能把公司的衍生產品推銷出去，連他自己也成了彼得的客戶。

事實證明他沒有選錯人。從華爾街包裝出來的衍生證券，就像把 80 歲的老奶奶變成中年婦女，雖徐娘半老，但風韻猶存，進而再次把她打扮成 18 歲的女孩，不斷地推銷給全世界。也正因為這一優勢，彼得的年薪已晉級到「億萬美元俱樂部」。

十幾年來，為了獲得巨額的研究資金，彼得‧沃勒克創立了各種名目的私募基金，許諾以高額的回報來引誘客戶，他們中的大多數非富即貴。如果謊言被拆穿了就賄賂，賄賂不行，便由他的弟兄們抓住對方的軟肋，進行威脅和恐嚇。這些投資人全都簽署了保密文件，嚴密的規章制度保障了研究所的隱祕性，一旦發現洩露者就會被踢出局，取消分享豐厚利益的權利。

彼得設立的所有私募基金，全在開曼群島和百慕大這個「避稅天堂」註冊，專門在美國境外從事離岸證券投資，像是投資面臨破產、重組、賤價出售，或者財務出現困境的公司，利用各國總體經濟的不穩定性，進行總體經濟的不均衡套利活動，使用槓桿再加上避稅的優勢，取得豐厚的利潤。

彼得的投機訣竅和馬特奧的威逼手段，確保了科學研究所的資金來源，然而相比巨額的花費和投機風險，利潤空間很有限。馬特奧意識到畢竟是一筆長期的生意，不可能經常使用威脅的手段，只有籠絡更強大的權力庇護，讓「死錢」變成「活

錢」，資金才能翻倍地增加，其真正的目的才能不被暴露。

也真是心想事成！

彼得憑著他的超凡勇氣，頗為自信能賺更多的錢，他缺乏的只是一個獲取內幕消息的途徑，這阻礙了他擴大他明星效應的影響力。

3 年前，彼得的前任雷蒙・伯克維茨被任命為財政部長。彼得得知這一消息，簡直比伯克維茨本人還興奮，這是他獲取訊息的絕好途徑。伯克維茨是從華爾街走出去的，走馬上任華盛頓的時候，理所當然地帶去一批從前的老部下，這就給了彼得一個絕好的機會。他趁機遊走於過去的同行中間，在財政部廣泛建立關係網，蒐集各類訊息，使「梅森集團」在股票市場中，永遠扮演「先知先覺」的角色，成為各大媒體金融版面爭相採訪的對象，全球的金融機構和炒股的散戶們都瘋狂地追隨他，希望借助大莊家的東風交上好運。

去年 11 月初的一天早上，彼得駕駛著一輛奔馳車，興沖沖地來到南安普敦 —— 黑手黨總部，期望立刻見到馬特奧，報告一個極好的消息。

他在院落外面停好車，被門口的一個「士兵」引到主樓內，見弗蘭西斯站在書房門口，板著臉，並沒有讓他進去的意思。他瞥了一眼弗蘭西斯，心裡罵了一句「他媽的蠢貨一個」，然後無奈地坐在門旁的椅子上，等待馬特奧的召見。

彼得瞧這戒備的陣勢，一定是來了重要客人在書房開會，還不知道要等多久呢，便掏出一支香菸，抽了起來。

彼得的確很有眼力見兒，馬特奧在書房接待了一位來客，此人名叫亨利‧加德納，是「宇宙多重時空研究所」的執行長。他也給馬特奧帶來一個絕好的消息：他帶領研究所經過 23 年數不清的實驗，終於有了一個重大的發現 —— 在這個地球上並存著多重時空。

加德納興奮不已，這個絕密的消息在電話裡不方便說，所以連夜從實驗室來到南安普敦。他省略了客套的寒暄，跨進書房見著馬特奧，開口便報告喜訊：「教父，我們成功了。」

「你說什麼？這是真的嗎？」馬特奧睜大驚喜的雙眼，因為是意想不到的喜訊，他兩眼閃亮，不出得抬高了音量。

加德納馬上向馬特奧解釋說：「昨晚上，我終於發現在地球上，還存在另一個時空，比我們早了整整 28 年。」

「這個怎麼說呢？」馬特奧不理解，急著發問。

「教父，請容我慢慢向你匯報。」加德納見馬特奧站了起來，也不便坐下來，他連說帶比畫的，把「前時空」的特殊性，簡單地介紹了一下。

馬特奧聽完加德納的介紹，欣慰地舒了一口氣，臉上露出欣喜的笑容。他背過臉，兩手叉腰，看著窗外的大花園，見兩個小侄女正揮灑手柄吹製器，吹起一個個巨大的肥皂泡，歡快地追逐著泡泡在玩耍。

他收起笑容，皺著眉頭，在心裡盤算開了：「上帝還是眷顧我的，終於讓我發現『前時空』，所有的投資都值了。」

想到此，馬特奧拍拍加德納的肩膀，誇讚說：「辛苦了，我會獎勵你的。」說著，他走過去打開房門，提高聲音叫道：「弗蘭西斯，你去告訴托尼，叫詹妮不要吹泡泡。」

「是，教父。」弗朗西斯答應著走開了。

彼得趁此機會，連忙站起來，笑著迎向馬特奧：「教父，你好。」他有一個驚人的好消息，不方便在電話裡說，此時不抓住機會，很可能會錯失時機。

「咦，你怎麼在這裡啊？」馬特奧驚異地問道。

彼得立刻壓低聲音，解釋說：「教父，我剛從財政部獲得一個絕密的訊息，在電話裡不方便說，所以沒有預約就趕來了。」

「哦——？你等我一會兒。」

馬特奧說完，關上房門退回房間。兩分鐘後，房門重新打開，馬特奧陪同加德納出來，送走客人，招呼彼得進書房。

「好，你說吧，你有什麼好消息？」馬特奧問道。

彼得正絞盡腦汁想著，剛才看到的新面孔是誰，能享受像他這樣的待遇，在書房祕密會見教父。現在聽見馬特奧發問，連忙回答說：「教父，我從財政部獲得消息，全美聯合銀行有意收購紐約銀行，使其成為全美聯合銀行的紐約分行，我們又可以大賺一筆了。」

馬特奧瞥了一眼彼得，見彼得正急切地看著他，只等自己

點頭。不由得暗自得意，今後我可以利用「前時空」帶來的訊息，先知先覺，賺盡全世界的錢，然後投入更多的資金，進行宇宙多重時空的研究，利用科學結果賺取更多的金錢，這樣一來，就不必依賴內幕消息操作股市。

他本想說我們就到此為止吧。就在他開口說話的一瞬間，耳邊回閃起加德納的話，「教父，目前我們不能輕舉妄動，一切必須順其自然，否則將帶來嚴重後果。」因此話到嘴邊，他脫口而出問道：「你有把握嗎？」

「教父，你知道我的影響力。只要我把兼併銀行的消息散布出去，不愁做不了莊家。」

馬特奧盯著彼得，沒有表態。

彼得暗想：依靠我的內幕消息，我的判斷力和我的影響力，能讓馬特奧賺大發了。

在今天這樣紛繁的商業社會，要做到不受任何訊息和噪音的影響，恪守自由意志與獨立思維，恐怕是一件非常困難的事。人們買入股票，可能因為在報紙上讀到一則消息，或在財經節目裡聽專家的薦股，抑或是追隨像他這樣的「股神」，因為一時心血來潮付諸了行動。

但大家怎麼會知道呢，那些「買入賣出」的建議，都操控在極少數的人手裡，虧損變成了常態，盈利轉瞬即逝，那些普通的人並非由於運氣不佳，而是從一開始就落入被精心設置的圈套中。那些沒有頭腦的笨蛋們，因為做著發財夢，被置身於一

連串的陰謀之中，卻渾然不知。

怪只怪這些人的訊息來源有限，每個人都在收看同樣的財經節目、上同樣的入口網站、讀同一份報紙的同一個板塊，茶餘飯後所討論的也都是同樣的話題。傳媒與大眾交談就像是無形的「消息過濾器」，最終輸入他們的大腦數據早已面目全非。

阿爾伯特·愛因斯坦曾經說過：「人類社會所面臨的最大威脅，並不是機器有朝一日會像人類那樣思考，而是人類變得像機器那樣思考。」這就如同齒輪每日辛苦地運轉，留給自由思考的時間越來越少。大多數人或是忙於生計，或是出於懶惰，凡事從來不問為什麼，所關心的只是結論，別煩了，直接點吧：我到底該買哪支股票？

「那斯達克指數今年能突破 8,000 點嗎？」

「我應該在什麼點位買入呢？」

「巴菲特說……」

「諾貝爾獎得主克魯格曼說……」

多數股民會輕信財經媒體、專家教授、「股市達人」，以及朋友所帶來的各種小道消息，唯獨不相信自己的判斷。這是窮人的思維習慣，能怪誰呢？亞里斯多德嗎？

「西方哲學之父」──亞里斯多德認為：「獲取智慧的良方，就是向比你更高明的人請教。」

可是在華爾街這個投機之地，請教他人往往適得其反。因為那些被公認為高明的人，實際上都是像我這樣的，只要能讓

別人相信自己高明，或者更專業，便能賺到錢。我們招徠客戶的廣告，第一句話總是：「我們擁有專業的研究團隊。」

是的，沒錯。1990 年代初，長期資本管理公司掌門人約翰·梅里韋瑟（John Meriwether），使用複雜的數學模型，利用美國、日本和歐洲各國政府債券進行套利交易，被人們譽為「點石成金」的華爾街「債務套利之父」。

那幾年，梅里韋瑟的投資基金，獲得了遠超大市的回報。1998 年，萬萬沒有料到的事情發生了，真可謂「智者千慮，必有一失」。俄羅斯金融風暴引發了全球的金融動盪，結果這起小機率事件，使他們那一艘巨大的「鐵達尼號」撞上了冰山一角。

梅里韋瑟利用從投資者那兒籌來的 22 億美元作資本抵押，買入價值 3,250 億美元的證券，槓桿比率高達 60 倍，從當年 5 月分的俄羅斯金融風暴開始，至同年 9 月分全面潰敗，短短的 150 天，資產淨值下降了 90%，出現 43 億美元巨額虧損，僅僅剩餘 5 億美元，從而使公司走到了破產的邊緣，巨額虧損的投資者們欲哭無淚。

事實已經表明了，那些財經傳媒、基金經理、證券講師，以及被捧得高高在上的「股神」，他們的收入五花八門，包括上市公司的贊助費、股票「推介費」、課時費、出書的版稅……

「專家們」奢侈生活的資金來源，當然是來自投資收益提成，玩的是別人口袋裡的金錢：贏了分享高額紅利，輸了不必承擔任何損失，而且管理費照收不誤，這是最安全的「吸金大法」。

在股市中虧錢可以有很多原因，但「虛心求教」必為其一。無論是訂閱財經週刊、觀看財經頻道、聆聽「專家」意見，還是參加「炒股培訓班」……無不展現了如飢似渴的發財慾望。虧錢，要怪他們懶惰於思考，讓別人代替自己做出太多決定。在這個弱肉強食的股市叢林，當羊向狼請教要如何才能生存時，狼肯定會回答說：我可以告訴你，但是請讓我先吃掉你身上的一塊肉。

這是一筆穩賺不賠的買賣，馬特奧相當清楚，但他此時為何猶豫不決呢？他們是完美的投機搭檔，繼續合作風險下降，利大於弊。想到此，彼得不得不採用激將法：「教父，你已經富可敵國。如果你不想參與這筆生意，我不勉強。這個機遇一生難得，我想做。你不反對吧？」

「我說不參與了嗎？」彼得話音剛落，馬特奧瞬間拿定主意，決定參與銀行兼併的投機。往常在這樣的遊戲中讓他占據上風，是依靠雄厚的資金和政治資本做後盾，以換取彼得的投機操作技能和內幕消息來源。

但是這次不一樣，投機操作的外圍環境發生了變化，新選舉削弱了馬特奧在政界的力量，一些參議員和警察局高官的名字，已經從集團的薪水單上消失，扶植新的政治力量需要時間。

從「前時空」獲取情報，先知先覺賺大錢，同樣需要時間。這次彼得獲得內幕消息做局投機，雖說存在風險，就這麼放棄也是蠻可惜的。何不作為收官之作呢？

這樣一想，馬特奧兩眼炯炯有神，看著彼得自信地說道：「好吧，讓我們再合作一把。」

彼得一聽，心裡歡喜得雀躍起來，臉上卻不敢露出喜色。馬特奧發現了「前時空」，今後他的內幕消息便會失去價值，恐怕這是他們最後的合作機會，他必須為自己爭取最大的利益。他從大衣口袋掏出一盒菸，抽出一支遞給馬特奧，自己拿了一支菸點燃後，慢悠悠地問馬特奧：「教父，你想怎麼玩呢？」

馬特奧低頭把玩著手上的菸卷，知道彼得深藏不露，想吊高來賣。他略微一想，抬起頭，夾著雪茄的手一揮，詭異地笑道：「這樣吧，我出資金占 60。」

彼得兩眼放出陰冷的光，全身的毛孔都雀躍起來，毫不示弱地直視對方：「No，這可不行。在這筆生意上，你的資金固然重要，我的訊息資源更有價值，再加上我的投資天賦，我占 55。」

馬特奧本想再爭執一番，但是轉而一想，即便自己資金雄厚，但是政治資本已大不如前，如果缺乏彼得這樣的莊家，那是一潭死水掀不起大風大浪，便答應道：「既然這樣，大家各退一步，我們五五分成。」

彼得聽了乾笑兩聲，伸出大拇指讚嘆道：「教父，你果然大人有大量，成交！」

彼得和馬特奧終於聯合起來，兩人達成為期 6 個月的合作協議：馬特奧出資投機紐約銀行的股票，彼得則憑藉投機天賦，

以及從財政部獲得的內幕訊息，分享 50% 的利潤。

祕密協議簽完後，彼得經過周密的安排，著手實施他的整盤計劃。幾天後，「全美聯合銀行」有意收購「紐約銀行」的機密消息，首先在曼哈頓的「億元俱樂部」悄悄地流傳，然後在人們的求證過程中，一傳十，十傳百，很快在華爾街傳播開來。

眼看時機成熟，打蛇打七寸。他按照預先制定的計劃，決定引誘盧卡斯‧詹森入局，此人是企業界的領頭人，一直希望成為銀行的大股東，對他來說這是一個好機會，絕對萬無一失。

彼得吩咐最得意的交易員史蒂夫購入大量紐約銀行的股票，做多「紐約銀行」，一旦銀行併購，股價便會大漲。不過，如此絕密的消息大家都知道了，銀行併購還會如期進行嗎？於是，他計劃在做多「紐約銀行」的同時，使用馬特奧的資本反手做空「紐約銀行」，等於購買一個雙保險。

這是一個完美的計劃。

那天晚上，彼得躺在床上睡不著了，感覺夜越來越長，在暗夜中，數著分秒在等天亮。既然興奮得睡不著，他索性起床，去客廳給自己倒了一杯白蘭地，加了些冰塊，就這樣一杯接著一杯，往嘴裡裡灌下去。微醺中，他想著自己的完美計劃，越想越興奮。

第二天一大早，彼得開車徑直去了詹森製藥集團，敲開盧卡斯‧詹森辦公室的門，要說動這位大人物參與遊戲。

　　「做多『紐約銀行』？你確定？你的勝算有多大？」盧卡斯‧詹森帶著懷疑的口吻，斜睨著彼得連連追問。

　　彼得迎著盧卡斯‧詹森銳利的目光，為了消除對方的戒備和疑慮，毫不遲疑地反問：「你信不過我？我令你失望過嗎？」

　　彼得的心裡確實有鬼，只是故作鎮靜而已。其實，他在做空「紐約銀行」股的同時，瞞著馬特奧用自己的資金，偷偷摸摸暗中做多這支股票。他之所以力爭盧卡斯‧詹森加入做多行列，目的是採用「雙向策略」來對衝風險，力求萬無一失。

　　盧卡斯‧詹森在商場上久經歷練，精明過人，戰勝過無數強悍的對手，兼併了很多業界的同行。而掌控「紐約銀行」的股份成為大股東，是他一直以來的心願 —— 透過股權分享放貸成果，方便自家企業的資金周轉。彼得是圈內人，聲名遠揚華爾街，與華盛頓有著良好的關係網，之前他們也合作許多回了，嘗到過獲利的甜頭。再說詹森製藥的收購兼併業務，也都由「梅森集團」負責完成的。而且詹森家族的「人類幹細胞基金」捐款花名冊上，彼得的名字赫然在主要捐贈者之列。他並不知道彼得看準他的喜好，挖好了陷阱等著他往裡跳，因而放鬆警惕，竟然爽快地答應說：「好，讓我們一起做多『紐約銀行』！」

　　「哦，對了，這件事必須守口如瓶，只限於你我知道。」彼得心裡樂開了花，一個「無風險獲利法」誕生了，簡直是天衣無縫。心下暗想：我這一頭買進股票，另一頭做空股票。不管股價上漲下跌，我用別人的錢「對衝」，虧損全是別人的，賺錢揣

進自己的腰包，是一筆穩賺不賠的買賣。

　　這天在晚飯桌上，彼得越想越得意，竟不由自主地笑了出來。他的太太在一旁，誤以為自己妝容有錯，便問：「我有這麼好笑嗎？」

　　「不是你。是我太有才幹，做成一筆大生意。」

　　「能說來聽聽嗎？讓我也開心開心。」

　　彼得便把自己的如意算盤，從頭到尾，向太太娓娓道來。臨了，他得意地說：「老婆，如果併購真的發生了，紐約銀行的股票就會暴漲，賺來的錢我和盧卡斯對半分，就讓馬特奧倒楣去吧，虧損由他承擔。假若併購案落空股價大跌，我就和馬特奧對半分蛋糕，盧卡斯就得認栽，我只跟他說分享 50% 的利潤，沒說過要承擔一半虧損。」

　　「虧你想得出來，你夠狡猾的。」

　　他收起了笑容。這是他被逼迫的選擇，不狡猾就完蛋了。可他無論如何也沒料到，如此難得的一筆投機生意，居然會壞在史蒂夫的手裡，還帶出一連串的意外事件。

　　眼下，他除了要對付史蒂夫，還要預防暗箱操作被洩露，一旦事情洩露出去，他知道會有什麼樣的後果。馬特奧憎恨被別人欺騙。不過，有一件事情他覺得很奇怪，那天馬特奧會見的人是誰？馬特奧為何也盯著史蒂夫呢？

　　彼得帶著滿肚子的狐疑，試圖找出答案。

第 34 章

第 35 章

史蒂夫坐在自家的書房內，盯著電腦螢幕上的郵件，那是彼得的記事簿，這一看不打緊，驚得他是手心冒汗，上面的文字深藏玄機：

11 月 15 日 上午 小雨

今天開始做多紐約銀行，等市場活躍起來就做空紐約銀行。另外，史蒂夫的行蹤已向馬特奧匯報了……

史蒂夫用手揉搓著眼睛，反覆地對比訊息，從郵箱的地址、名字，一直到信件的內容，希望自己在做夢。然而他失望了。他確定自己看見的是事實真相，這是一個巨大的陰謀。他坐立不安，在書房裡來回踱步，渾身處於極度亢奮的狀態。

他記得清清楚楚，那天是 11 月 15 日早上 10 點 13 分，彼得把他叫進總裁辦公室，吩咐他「買多紐約銀行」股。一個月之後，到了 12 月 15 日中午 12 點 10 分，彼得又把他召去總裁辦公室，吩咐他祕密「賣空紐約銀行」股。

當時，他徹底地震驚了！

彼得和盧卡斯·詹森合作買多紐約銀行股，他們一個是華爾街的投機專家，一個是紐約的大企業家，基於他們在產業的影響力，其他投資銀行、金融機構和民眾也都跟進，紛紛買進「紐約銀行」的股票。

「跟著彼得買進，沒錯的！」

市面上，「紐約銀行」的股價越炒越高，價格暴漲了數倍，規模之大遠遠超出他的預料。公司裡、大街上、甚至連商場擦皮鞋的，幾乎人人都在談論「紐約銀行」的股票。

他嗅覺靈敏地發現，相對於「紐約銀行」，其他銀行的股票全處於「價值窪地」，股價一定會跟著「紐約銀行」飆升，更具有投資價值。他毫不猶豫投入 400 萬美元，購買了許多其他銀行的股票。在這個節骨眼上賣空「紐約銀行」，這不是逆勢而上嗎？

所以，他驚奇地問彼得：「我沒聽錯吧？你要賣空『紐約銀行』？」

彼得抖掉一寸長的雪茄菸灰，語氣堅定，不容置疑：「你別管，給我做空就是了。」

他一聽，心下暗想：開什麼玩笑？做空「紐約銀行」，他投資的 400 萬銀行股不就打水漂了。於是毫不猶豫，一口拒絕：「不。我不同意。現在做空『紐約銀行』，公司賺什麼錢？不是要賠死了嗎？董事會批准了嗎？」

現在他恍然大悟了。彼得利用財政部獲得的內幕消息，非但暗中聯手盧卡斯・詹森做多「紐約銀行」，還偽造簽名，動用公司兩億美元公款，像他那樣做多其他銀行的股票。就因為他不服從賣空的指令，彼得採用美人計陷害他，眼看美人計泡湯，又製造車禍加害徐麗麗，以達到控制他的目的。

「Fuck！」史蒂夫恨恨地罵了一句。

眼下他要處理的頭等大事，就是撇清自己與內幕交易的關係。過去兩個月，他帶領交易部門親自操作，負責做多「紐約銀行」，每次交易都超過兩百萬股，足以成為不法買賣市場的主力資金。如果 SEC 和聯邦檢察官追查下來，彼得完全可以把責任推託乾淨，使他成為替罪羊。

他從抽屜裡拿出一個隨身碟，把彼得的電郵訊息全部複製了一遍，不由得聯想到去年底，他駭客侵入海倫的電郵信箱，發現她是某國際邪惡組織的成員。那時他已經相當慌張，擔心徐麗麗因他受到傷害。

眼下他更是驚恐萬分，原來作惡者就在自己身旁，看來他和徐麗麗是被兩撥人跟蹤。彼得跟蹤他和設下美人計，與兼併「紐約銀行」有關，馬特奧跟蹤他是為什麼呢？

他再次以同樣的方法，駭客侵入馬特奧的電郵信箱，果然如他推理的那樣，一個更大的陰謀，隱藏更深的祕密浮出水面：馬特奧也掌握了量子隱形傳送技術，安德烈‧法拉利跟蹤的目標，真的是徐麗麗和徐黃河。

但沒有證據顯示，徐子昂和楊藝姍是被法拉利殺害的，唯一可以調查的線索，就是漢瑞‧摩爾的搭檔埃里克‧克拉克，也不知道傑森‧摩爾的調查是否順利。

史蒂夫在震驚之餘，掂量著手裡的隨身碟，憂慮重重。他暗自思量著：這次不能蠻幹了，出手的時候，一定要一招擊

中彼得的要害，否則自己的小命都保不住。於是，他又變換了一個電郵地址，在網上發送了兩條訊息：他把第一條訊息寄到各大金融網站，宣布「全美聯合銀行」兼併「紐約銀行」純屬謠言；第二條訊息送往 SEC（United States Securities and Exchange Commission，美國證監會）官方網站的「公共事務辦公室」的電郵信箱裡，上面列舉了彼得獲得內幕訊息的途徑，他挪用公款，做多、做空「紐約銀行」的事實，包括交易股票的時間和金額，並且附上電郵往來的信件作為證據。

做完這一切，他關上電腦，把隨身碟揣進上衣口袋。他打算在 34 街的 Penn Station（賓夕法尼亞車站），租一個儲物櫃存放電腦和隨身碟。在公共場所存放物品，看似沒有銀行保險櫃安全，但往往更隱蔽，緊急需要的時候存取更方便。

至於採取什麼手段戰勝馬特奧，僅僅依靠他一個人是無法取勝的。他已經想好了，借助丹·科茨的力量，配合他們剷除黑手黨。

第 36 章

　　在「前時空」，禮拜天早上，詹姆斯像往常那樣練完晨跑，一回到家裡，便褪去身上溼透的運動衣，露出厚實的胸膛和「巧克力」腹肌，順手把擦汗的毛巾往背上一搭，正準備去浴室沖澡。

　　忽然，房門感應器發出「叮咚」的聲響。他的手對準房門一揮，牆面上的螢幕亮了，顯示外面站著徐麗麗。他愣了一下，眼神有些恍惚，彷彿妻子徐美美等著他。就在他這樣稍一遲疑的時候，他的右手竟然像無意識一般對著腕上的智慧手錶，隔空捏了捏手指，房門自動開了。

　　徐麗麗低頭微笑著，抬頭看時，只見詹姆斯詫異地站在那兒，陽光經過層層疊疊樹葉的過濾，透過窗簾照射進入客廳，淺淺的光暈灑在他那 8 塊腹肌上，瞬間散發出渾然天成的男性魅力。

　　徐麗麗不由得暗自驚嘆：「天啊，太性感了！」

　　她頓時臉紅了，避開了詹姆斯的視線，極不自然地捋了捋頭髮，故作鎮定地走近他。可「大腦」卻不允許「身體」繼續走向前了。她站著尷尬地紅了臉，進也不是，退又不願意。

　　「早上好！麗——麗麗。你隨便坐，我去去就來。」詹姆斯指著沙發招呼麗麗，然後朝洗手間走去。

　　徐麗麗猶如石化了一般無法動彈。這一陣子，她經常在實驗室碰見詹姆斯，也在徐長江的家裡請他聚過餐，不過兩人單獨相處卻是頭一回，感覺像掉進蜜罐一樣甜蜜。然而「大腦」卻理智地提醒她，來到「前時空」不是談情說愛的，不弄清楚車禍背後的凶手，以後還會遭遇毒手的。所以她按捺住複雜的心情，坐到沙發上，等候著詹姆斯。

　　不一會兒，詹姆斯穿一條黑色長褲，上配一件耀眼的白襯衫，袖子捲了一半，衣領微微敞開著，手上拿一杯加了檸檬片的「伯爵茶」，走到徐麗麗面前，微笑道：「對不起，讓你久等。」

　　徐麗麗接過茶，抬頭望著帥氣逼人的詹姆斯，說：「今晚徐長江準時下班，我想請你吃飯，我們一起去買菜可以嗎？我不喜歡和機器人打交道。」

　　其實徐長江的家裡有一臺機器人保姆，「她」能識別並模仿人類的聲紋，替主人在電腦上語音購物，無人駕駛飛機會送貨到家門，相當方便。但是她渴望和詹姆斯在一起，所以挖空心思為自己編造了一個藉口。

　　她也知道這個藉口不可靠，超市裡根本就看不見服務員，都是全自動的電腦操作和電腦管理，室內的感測器就像「變色龍」一樣，顧客一走進店堂內，便察言觀色地討好他們。她因為享受被詹姆斯寵愛的感覺，也就管不了這麼多了。

　　徐麗麗千回百轉的想法，詹姆斯又怎麼會知道呢？他凝視著徐麗麗的臉，發現她的面部皮膚看起來，倒像是美美的母

親，似乎變得蒼老了。難道她不適應「前時空」的環境？還是美美的複製體出現了變異？他的目光變得異常柔和，竟答非所問地說：「你……還好吧？」

徐麗麗敏感地誤以為，詹姆斯又把她當成徐美美，馬上拉下臉來。徐長江待她如親妹妹，她可以接受。但詹姆斯每次看她的眼神，儼然當她是徐美美的替代品，心裡極其不自在。難道她只能以徐美美的身分，停留在「前時空」嗎？這種狀況要維持到什麼時候？這樣一想，她忍不住扯開嗓子，不管不顧地脫口而出：「對不起，詹姆斯，請不要這樣看著我。我可不是徐美美，我是徐麗麗。」

詹姆斯的心裡「咯噔」一下，聽出了徐麗麗的話外音，心中滿溢光明，他頓時有了存在感。他內心這異樣的情感波動，已經很久沒有出現過了，比剛才看見她站在門外還慌張。說明隱藏在複製體下的「美美」，還是很在乎他的，便得意地辯解道：「我說你是美美了嗎？美美不會這麼說話。走吧，我們去買菜，我有話要跟你說。」

自從徐麗麗前來「前時空」避難，詹姆斯便開始回憶往事，把自己與徐美美相處的每個時刻，一點一滴，一幕一幕在腦海裡定格放映，最後全都填滿在《我和徐美美》的筆記中。這是一根他和美美的時間線，可以說分秒不差，徐麗麗的車禍真相，可能就隱藏在字裡行間。他要把這本筆記送給徐麗麗，或許能挽救她的生命。

第 36 章

　　這是他能夠為她做的。他願意為她做任何事情。他感覺自
己已經愛上她了。

第 37 章

　　史蒂夫拎著一個筆記型電腦包，走出家門。天上正下著鵝毛大雪，北風呼呼地吹著，氣候異常寒冷。上班的高峰時間已經過了，街上冷冷清清沒幾個人。

　　他迎著刺骨的寒風和飄落的雪花，疾步向百老匯大街走去，到了街口的時候，一輛黃色計程車從他身邊疾馳而過。他一聲響亮的口哨，計程車一個急剎車，停在他的左前方。他快步上前兩步，拉開車門坐進車裡，關上車門。

　　史蒂夫乘坐的計程車剛開走，停在街口的一輛黑色奔馳，立刻啟動，在其後不緊不慢地保持著距離，盯上了他。奔馳車內，彼得雇來的兩個私家偵探，坐在駕駛座和副駕座上，他們一高一矮，看上去精明能幹。彼得的祕書貝爾‧羅斯頭戴一頂鴨舌帽，坐在後座，儼然一副指揮者的架勢。

　　眼見前面的計程車加快速度，在高速公路的車流中左突右竄，一路疾馳想甩掉他們，便連忙吩咐兩個偵探：「你們盯緊點，別再給我跟丟了。」說罷，掏出手機，向彼得通報情況。

　　電話那頭，彼得給貝爾‧羅斯下達了指令：「你聽好了，馬特奧也在尋找史蒂夫，你們盡快找到徐麗麗，準備好劫持她的方案。」

　　「知道了。我找到他們，馬上聯絡你。」貝爾‧羅斯收起手

機，注視著前方，發現那輛計程車似乎想甩開他們，急忙發號施令道：「快，快，快給我跟上。」

副駕上的高個子偵探不耐煩了，回頭惡狠狠地頂了一句：「你他媽的亂吼什麼？前面那輛計程車，橫衝直撞不怕吃罰單，一定是 FBI 的人。我們繼續跟蹤嗎？」

羅斯聽了一怔。不過一瞬間的工夫，他毫不猶豫地說道：「拿出你們的看家本領，給我繼續跟蹤。」

他不得不佩服這兩個偵探，只看了一眼那輛計程車的飆車架勢，便能斷定是 FBI 的人在駕駛。那是彼得花費大價錢雇來的人，早上因為他們跟丟了史蒂夫，他被彼得大罵一頓，威脅扣他的年終獎。這年頭如果沒有年終獎金，日子要怎麼過？

他豁出去了，無論如何要找到徐麗麗，保住自己一年的勞動成果。

第 38 章

　　時間「嘀嗒、嘀嗒」悄然而逝，猶如指縫裡的沙子，越是想牢牢地攥在手心裡，它就越有可能從指縫間溜走。這一晃，徐麗麗來到「前時空」已經 34 天，回家的希望好像越來越渺茫，她無法見到史蒂夫，從前充實的生活也離她越來越遠。

　　在過去的 34 天裡，她強烈地感覺到，現在無論是自己的意識，還是身體的構造，她完全是一個矛盾體。

　　就她目前的境遇來說，作為徐麗麗的意識存在，她如果希望能盡快回到史蒂夫的身邊，見到她哥哥徐黃河，從此過上正常的生活，也就意味著，她的本體已經恢復健康，一切都回到了原來的樣子。

　　然而作為徐美美的複製體，她反倒希望永遠留在「前時空」，因為身體很誠實。她總是渴望靠近詹姆斯，控制不住地想和他在一起。但是一直想留在「前時空」則意味著，她的本體狀況非常糟糕，興許即將死去，興許長期變成植物人，那就再也見不到史蒂夫和哥哥了。而一旦回去的話，她的複製體徐美美就必死無疑。

　　每當她理性地思考這些煩惱時，內心便倍受煎熬，瞬間會變得焦躁不安，卻又無計可施。她悶悶不樂，從客廳的這一頭，走到另一頭。

　　突然，房門感應器「叮咚」一聲，徐麗麗的右手對準房門一揮，牆面上的螢幕亮了，門外站著詹姆斯。他坐著無人駕駛飛車，來到徐長江的家找她來了。

　　徐麗麗看見詹姆斯，大腦意識還尚未做出反應，右手卻早已對著腕上的智慧手錶，隔空捏一捏手指，房門自動開了。

　　這大冬天的，詹姆斯穿一件絳紅色夾克，薄薄的很合身，看著英氣逼人。他看著徐麗麗，霸氣十足地說道：「我聽長江說，你今天不用去實驗室。走，我們出去走走。」

　　徐麗麗來到「前時空」的這些日子，幾乎每天去一趟實驗室，配合徐長江做試驗，檢測身體狀況，讓他們採集各種各樣的數據……爭取延長停留在「前時空」的時間。她感覺自己就像是醫學試驗的小白鼠，毫無人的尊嚴，心情糟透了。詹姆斯的建議正合她的心意。他話音剛落，她馬上掉頭，準備去穿外衣。

　　詹姆斯遞上一個包裝盒，微笑地說道：「喏，這是你的外套，穿上試試看。」剛才出門的時候，他見外面下著大雪，擔心她受涼感冒，所以買了一件特殊材料製成的夾克，能隨著氣溫自動調節溫度。

　　徐麗麗接過禮物盒，好奇地看了一下包裝精美的禮物，便動手拆開粉色緞帶，仔細拉開粉色的包裝紙，才拉到一半就感受到了驚喜 —— 一件絳紅色夾克，款式恰似詹姆斯身上穿的，怎麼看都像是情侶裝。她的理智沒有作出反應，「心中」卻禁不住異常歡喜，忍不住抿嘴笑道：「謝謝你，我很喜歡。」

詹姆斯聽了，反倒不好意思了，扭頭說了一句：「沒什麼。我們走吧。」

　　他們穿著情侶裝，坐上飛車，朝著曼哈頓的方向開去。5 分鐘後，他們來到洛克斐勒中心，走進一家餐廳。徐麗麗坐下後，環顧四周，只見一桌桌的客人們，一邊享受美食，一邊抬頭，好似觀賞著什麼，還不時地低聲細語。她抬起明亮的雙眸，疑惑地望著詹姆斯。

　　「我們先點菜，我一會兒再告訴你。你想吃什麼？」詹姆斯低聲問徐麗麗。

　　「菜單還沒有送來呢。」徐麗麗一邊說，一邊下意識地四處打量，尋找侍應生。

　　詹姆斯微笑道：「你別找了，沒人會給你送菜單的，菜品全在上面。」說著，他遞給徐麗麗一個小方盒，那是一副隱形眼鏡，示意她戴上。然後對準智慧手錶，隔空捏了捏手指，餐桌前立刻出現一方小螢幕，他點開網頁上的圖片。

　　徐麗麗頓時感到眼前一亮，彷彿置身於大超市，菜架子上擺滿了各種食材：胡蘿蔔、菠菜、杏鮑菇、豆芽、茄子、番茄、花椰菜、鳳梨、木瓜、西瓜、蘋果等五彩繽紛的蔬果；麵包、酒類、點心琳瑯滿目；水族館般大的魚缸中各色魚、龍蝦、螃蟹眼花繚亂暢遊其間，雞鴨肉蛋應有盡有。

　　她納悶了，好奇地問道：「哇，菜品這麼多啊。可是沒有菜譜，我怎麼點菜呀？」

「你只選喜歡的就行，隨你蒸、煮、爆、炒，在這裡輕輕點一下，等一會兒菜就上來了。」詹姆斯做了示範。他點了凱薩沙拉，主菜煎牛排六分熟，配紅酒。

徐麗麗驚奇地又問：「這是全自動餐廳？像咖啡館一樣，沒有侍應生嗎？」

詹姆斯點頭微笑說：「嗯。客人選好了菜，機器人在廚房配菜，放入機器中自動加工。」

徐麗麗不再發問，新鮮感和好奇充滿整個腦海。她也選了凱薩沙拉和煎牛排，暫且忘卻了心事，安心地等著菜品上桌。也就一根菸的工夫，她的耳邊響起「What a Wonderful World」的歌曲，酒菜順著桌旁的傳送帶，無聲地送到桌旁。

就在詹姆斯把菜端上餐桌的一瞬間，徐麗麗感到自己慢慢地沉入海底，來到了「海底龍宮」。她瞪大眼睛，一時竟看呆了：

只見萬米深淵的海底被魚「燈」蝦「火」照得通明，燭光魚猶如一排排蠟燭，閃閃發光；蝴蝶魚成雙成對變換著體色，穿梭於五光十色的珊瑚礁中游弋戲耍，形影不離。一群「魔鬼魚」一邊游，一邊吞食著小魚小蝦，翻車魚、石斑魚、鰻魚、鯨鯊……悠閒地暢遊。

突然，一條大鯊魚慢慢地游來，巨大的身上覆蓋了幾個大字：「生日快樂，徐麗麗！」

徐麗麗嘴巴微張，又驚又喜。她兩手下意識地朝空中一擋，人往後一仰，驚叫道：「詹姆斯，救命啊！」

詹姆斯哈哈大笑起來，連聲安慰她：「別怕，這是 Holography（全息投影）。」說時，一個鳳梨蛋糕送到他們面前，上面插著生日蠟燭。

　　徐麗麗望著詹姆斯，感激地說道：「謝謝你！我忘了，今天是我生日。」

　　詹姆斯笑了笑，看著徐麗麗默不作聲。

　　他很滿意自己的安排，切了塊牛肉送進嘴裡，慢悠悠地咀嚼嚥下，然後說：「吃了飯，我們去 Long Island Jones beach（長島瓊斯海灘），我陪你去看日落。」

　　徐麗麗聽了，一股暖意湧上心頭，不好意思地滿臉緋紅，突然冷不丁斜睨著詹姆斯，盯著他問道：「美美過生日，你也這樣嗎？」她就是想確認一下，在詹姆斯的心裡，徐美美究竟有多重要？

　　詹姆斯收住笑容，放下刀叉，拿起餐巾擦了擦嘴角，看著徐麗麗正色地說道：「當然沒有。」

　　他是個工作狂。過去美美過生日的時候，他只會提前買好生日禮物。像這樣陪著徐麗麗逛街、吃飯、看日落，他從來沒有做過。今天為徐麗麗所做的這一切，他也說不清是因為喜歡她，還是為了補償對美美的歉疚，抑或這兩種感覺同時都有。

　　詹姆斯這樣想著的時候，隨意地朝邊上一瞥，目光正和斜對面的男人對住。他覺得很奇怪，那人臉上帶著敵意，盯著自己足有五六秒。他沒有露出絲毫怯意，也直視著對方，直到那

個人掉轉頭，這才收回目光。他迅速打開記憶大門，在腦海裡搜尋線索：那個人是戴維・沃勒克嗎？不，不是。哦，對了，他曾是戴維・沃勒克的祕書多利・羅斯。

詹姆斯立刻警覺起來。他和徐麗麗看似說笑閒聊，暗地裡，卻不動聲色地抬腕，用智慧手錶對準那個人的臉，Google之後發現，此人就是多利・羅斯。到底相隔了 28 年，多利・羅斯已經滿臉橫肉，幾乎認不出曾經的樣子了，他現在的身分是「梅森投資集團」總裁。

詹姆斯想起來了。28 年前，也就是 2019 年 1 月 13 日上午 10 點，他從家裡出來，在去往賓州車站的計程車上，被一輛奔馳車跟蹤。其實計程車司機是 FBI 派來保護他的替身，一直守在他的家門口附近，發現坐在奔馳車裡的多利・羅斯，他們一夥人舉動異常、探頭探腦地，不停地盯著 6 樓的一扇窗，那正是他家的窗戶。因此，那個 FBI 探員趕在第一時間，趁著多利・羅斯尚未得手，提前接走了他。

奇怪的是，他們分明甩掉了奔馳車，但是他在賓州車站存放好電腦和隨身碟，然後去實驗室看望了美美，當他走出「烙鐵大廈」的時候，又看見多利・羅斯鬼鬼祟祟，蹲守在門口盯上了他。當然，他有 FBI 的探員保護，多利・羅斯沒有成功。

難道多利・羅斯又找到他，開始盯梢了嗎？還是因為徐麗麗來到「前時空」？詹姆斯眉頭緊蹙，不由得在心裡打了幾個問號。

詹姆斯一臉警覺的表情，徐麗麗察覺到了。她放下刀叉，極其不安地問道：「詹姆斯，出什麼事了嗎？」

　　詹姆斯立刻微笑道：「沒事，你慢慢吃。」他已經盤算好了。如果多利‧羅斯率先離開餐館，他就可以反跟蹤了。如若不然，他只能等回到家裡，再著手調查他被跟蹤的真相。當年，他曾經怨恨父親沒有保護好母親，他因此過早失去了母愛。結果他自己呢，也沒有保護好妻子美美，害她丟了性命。

　　這麼多年熬過來了，他深深地體會到，當自己無法保護心愛之人的時候，心裡是多麼絕望，但只要心裡依然愛著那個人，生活便有新的期望。現在守護好徐麗麗，讓她沒有恐懼，快樂地生活，便是他新的期望。愛上她的那份心意，藏在心裡就足夠了。

　　詹姆斯萬萬沒有料到，多利‧羅斯跟蹤他和徐麗麗，是要確認一件事情。28 年前，徐美美就已經死了。最近多利‧羅斯從另一個時空獲得情報，徐美美疑似又復活了，若非親眼目睹，他是不會相信的。

　　因為 28 年前，媒體報導徐美美的「意外」事件，是多利‧羅斯的上司戴維‧沃勒克親自導演的。「意外」發生的當晚，戴維‧沃勒克命令多利‧羅斯僱用兩名私家偵探，混雜在「梅森投資集團」的跨年晚會上，海倫故意糾纏住詹姆斯，當大家看著電視螢幕，與紐約時代廣場一起倒計新年來臨：「8、7、6、5……」兩名私家偵探盯上徐美美，趁她匆忙下樓梯的時候，一個偵探

打掩護，另一個偵探用力推了她一把，「意外」發生了。徐美美的身體向下翻滾下去，摔斷脖子被送進醫院，醫治無效而死亡。

　　其實戴維・沃勒克並不想弄死徐美美，那是因為詹姆斯知道的祕密太多，又不聽從戴維・沃勒克的指令做空「紐約銀行」，操縱華爾街股市賺大錢。所以不得不給詹姆斯一點顏色瞧瞧。徐美美的意外死亡，是他們在執行任務的時候，考慮不周出現的失誤而已。

　　事實上，多利・羅斯真正效勞的上司，是洛倫佐・魯索──黑手黨教父。多利・羅斯聽從教父的安排，被安插在戴維・沃勒克的身邊，負責監督投資基金的營運情況，保證募集多重時空的研究資金。

　　原本戴維・馬拉赫導演的意外事件，與洛倫佐・魯索的周密計劃並不矛盾，盯住徐美美等同於拴住詹姆斯。因為洛倫佐・魯索的生意需要，他需要把「黑錢」「漂白」，而徐美美的父親徐致遠，正可以滿足教父的需要。

　　徐致遠是數學模型專家，公開的身分是航天局工程師，但他的真實身分連他的太太和兒子都不知道。其實他是加密貨幣虛擬金幣的創始人，設計編寫的一組指令──指示電腦以任意大小的訊息串形式，對任何輸入執行一系列的數學步驟，形成加密的單向壓縮函數，而在數學運算的步驟，以及用作運算對象的值，卻不能反過來查找輸入。由此誕生了一種加密貨幣──虛擬金幣。

而黑手黨的祕密組織，就需要這樣的金融基礎設施——加密貨幣的存在，它既不受制於華爾街的控制，也不受全球任何其他銀行機構的監視，加密貨幣的特性還能逃脫政府的法律制裁，對於洛倫佐·魯索來說，虛擬金幣簡直是完美的存在，一種最隱蔽的洗錢工具，為研究宇宙多重時空提供資金支持。

　　其實洛倫佐·魯索早就盯上詹姆斯了。他既要虛擬金幣「洗白」資金，也需要徐美美父母的科學研究成果，詹姆斯正好處於兩種利害關係之間。人都有弱點。徐致遠的弱點是太太和兒子，詹姆斯的軟肋就是徐美美，只要抓住他們的弱點，洛倫佐的目的也就達到了。

　　不過徐美美的意外死亡，使事情朝著不可預知的方向發展，令雙方都不好過，其對黑手黨組織造成的傷害，至今都無法彌補。

　　多利·羅斯自忖，現在能為組織盡職的事情，就是彌補過去的失誤。無論這個任務有多艱巨，難度多大，都要竭盡所能去完成。

　　就在詹姆斯為徐麗麗慶生的時候，徐長江在實驗室忙碌著，因為她的複製體日漸衰老，徐美美儲存在血庫銀行的血液，畢竟是有限的。而且她的本體能夠支撐到哪一天，他們也實在是沒有把握，必須盡快與徐黃河共同研究一個方案，解決這個棘手的問題。

　　於是，吉姆使用大型智慧檢測程式，不斷向衛星發出一波

又一波的脈衝，期許「11 維度」連接其它時空的層膜，像漣漪一樣產生震動。不久，吉姆看到了漣漪效應，便連忙對徐黃河說：「徐，我們和徐黃河聯絡上了。」

徐黃河首先說出了他的憂慮：「長江，我透過麗麗的戒指，收到了所有的訊息。目前，她的本體情況還算穩定，不過複製體的衰老速度，比預期的時間要快。你有解決的具體方案嗎？」

「這個問題，與細胞衰老和端粒有關，吉姆是專家，我讓他來談談看法。」徐長江把吉姆讓到螢幕前。

吉姆立刻解釋說：「黃河，我們透過對麗麗的體能測試，發現她的二倍體細胞，出現了有限的增值能力，這一限度與端粒有關。你是知道的，端粒位於線性 DNA 末端，重複著 DNA 序列。端粒過短就會抑制細胞分裂，導致複製體過早衰老的現象。」

徐黃河焦急地問道：「那麼端粒過短的問題，現在有什麼辦法克服嗎？」

吉姆沒有回答。因為他研究的 DNA 修改技術，已經在他自己身上進行了試驗。去年底，徐長江也加入了試驗，可以看見的效果很明顯。他和徐長江從外觀看上去，比同齡人要年輕 20 歲左右。等 DNA 修改技術進一步提高之後，今後「前時空」的人類壽命，能達到平均 120 歲，60 歲的人看起來就只有 40 歲，比實際年齡總要年輕 20 歲的樣子。

想到此，吉姆瞥了一眼徐長江，看見了鼓勵的眼神，便大膽地建議道：「當下最有效的方法，還是採用美美的血樣複製複製體，早點解決她端粒過短的問題。」

　　徐長江接過吉姆的話頭，也不想安慰他，只能說：「黃河，現在看來只能這樣了，等端粒過短的問題解決了，我第一時間告訴你。」

　　開始是成功的一半，他會找到解決辦法的。

　　這天下午兩點時分，紐約檢察官蘭斯・夏普在自家車庫前，陪著兒子打籃球。父子倆玩得正在興頭上，他太太隔著窗戶叫道：「蘭斯，電話。」

　　「哦，是誰啊？」

　　「林健。」

　　「兒子，對不起，你自己玩吧。」蘭斯說著，把球扔給兒子。他也不管孩子撒嬌抱怨，徑直走進客廳，拿起電話聽筒。

　　電話那頭，林健急切地說道：「蘭斯，我剛收到一個隨身碟，證監會的霍恩送來的證據，彼得涉嫌內線交易，涉嫌挪用公款『做空』紐約銀行。我們再不立案，SEC就要立案了，你說怎麼辦？」

　　「辦公室除了你，還有誰呀？」

　　「今天是禮拜天，辦公室沒有其他人。」

　　蘭斯果斷地吩咐林健：「好吧。你打電話通知所有人，讓他們去辦公室集合，我馬上就到。」

蘭斯掛斷電話，在客廳吻別太太和孩子，走進車庫開啟捲簾門，像往常那樣打開車門，坐上福特車。隨著馬達的轟鳴聲，他駕車迅速駛上高速公路。

蘭斯帶領部下經過幾個月的偵察，已蒐集到足夠的證據，可以起訴「梅森投資集團」，而且整起股票操縱事件，馬特奧·魯索的黑手黨集團也牽扯在內。他更吃驚的是，鼎鼎大名的詹森製藥盧卡斯·詹森，居然也參與了這次股票操縱。

他作為地方檢察官，是案件進入刑事審判程序的守門人，具有篩漏的功能。而刑事審判程序的源頭是偵察工作，偵察的結果將影響審判的正確性，檢察官對此也有重大的責任權力，幾乎掌控起訴誰，哪些案件需要提交法院審理的生殺大權。既使面對大陪審團，他也有辦法追求自己的目標。前紐約州首席法官瓦切勒曾說過一句名言：檢察官可以說服大陪審團「指控一個火腿三明治」。

若說他對司法的管理比法官更有權力，那也是不為過的。而且，這種趨勢仍在發展中。在一些具有重要歷史意義的案件中，法院甚至迫使檢察官提出起訴，但最終都遭到了檢察官的拒絕，在刑事訴訟案件中，檢察官具有絕對的控制權。

當然，作為檢察官他的權力是很大，因此也引起了人們的質疑：畢竟檢察官也是人，不是在真空中工作，擁有自己的社會關係、政治傾向，愛憎情緒和自身的利益，是否會對裁量結論產生影響？

而他的有些同伴在辦案過程中，也確實頻繁發生起訴不當的問題，像是拖延提出起訴，採取選擇性或報復性起訴，或掩蓋證據甚至使用偽證，想方設法對當事人進行不適當的引導等，充分證明了裁量權不受節制的弊病。

　　蘭斯自忖，身正不怕影子斜。他不否認自己立案起訴的傾向性。他痛恨企業犯罪，尤其不能容忍黑手黨犯罪集團，借用企業的身分生存下來，然後擴大成長為危害社會的公害。

　　不過，蘭斯決定暫時放過詹森製藥，首選立案起訴魯索犯罪家族，以及「梅森投資集團」。當然，在決定立案起訴這兩大企業的時候，還有許多繁複的工作需要安排下去。

　　然而，如果蘭斯能夠預知未來，大概會拋開 SEC 搶他的功勞，為此拖延了提出起訴的時間，沒有把股票操縱事件扼殺在搖籃裡。原本他是有這個機會的，卻偏偏給錯過了。

　　在過去的幾天裡，華爾街瀰漫著濃郁的利空言論，人們紛紛奔走相告：兼併「紐約銀行」純屬謠言，銀行股票泡沫太大，央行就要開始緊縮銀根了。網路上利空的傳言也鋪天蓋地，而銀行併購猶如等待的「另一隻靴子」，遲遲尚未落下。利空的傳聞，導致市場的反響急轉直下，「紐約銀行」和其它各銀行的股價一瀉千里，引發股市崩潰、匯率貶值，恐慌的人群拚命湧向銀行，出現了混亂的銀行擠兌潮。

　　股市混亂的那幾天，彼得關掉手機，帶著他的太太正在日本休假。他們下榻在靜岡縣的伊豆半島，他們漫步於古老的修

繕寺，還去了西伊豆溫泉。彼得一邊泡湯，一邊享受富士山的美景，以為整個市場會按照他編寫的劇本走向，直到贏得最後的勝利。

　　彼得高估了自己的能力，他無論如何沒有料到，華爾街發生了戲劇性的巨變，一場金融大動盪不可避免地發生了，令他始料不及。

第 39 章

華爾街股市崩盤了！

得知股市發生大震盪的時候，彼得·沃勒克剛好在賓館用完餐，坐在酒店的吧臺上，陪著太太悠閒地喝酒聊天。不經意間，他瞥了一眼吧臺左上角的電視螢幕，看見 CNBC（Consumer News and Business Channel，消費者新聞與商業頻道）的爆炸新聞：華爾街又一個「黑色星期二」，股市遭遇大崩盤⋯⋯

這一消息好似一顆重磅炸彈，彼得聽了臉色大變，也顧不上太太的反應了，急忙從凳子上跳起來，三步並作兩步衝進電梯，返回客房。

他拿起床頭櫃上的手機，發現 10 分鐘內，貝爾·羅斯發給他的留言有幾十條之多。他倒還算鎮定。在華爾街奮鬥了 30 多年，金融大震盪經歷過不下數十次，他非但擺脫了危機，還趁機抄底大賺特賺。這次說不定又是一次機會呢？

然而貝爾·羅斯的最後一通留言，著實讓他吃驚不小：「駭客侵入了你的電腦。」

錢沒了他可以再賺，電腦裡隱藏的祕密一旦被公開，絕對會惹來牢獄之災。不過他暗自慶幸。幾天前，他已經把郵箱裡的文件，逐一清理過一遍了，問題應該不大。但他轉而又一

想，萬一駭客在電腦裡發現什麼蛛絲馬跡，那可就壞大事了。時間緊迫，他得趕在文件洩密之前，準備好應對措施。

他坐不住了，馬上打開衣櫃，把衣物歸納到行李箱內。他太太趕到客房，見此情景知道情況不妙。她馬上走到洗手間，一邊整理物品，一邊問丈夫：「我們現在去機場，能買到機票嗎？」

彼得強作鎮靜，卻忍不住提高了聲音：「我不管，他媽的，買不到機票也要走。」

他們匆忙趕往機場，售票處只有一人在值班，他見彼得一副猴急的樣子，連忙謹慎得用英語問道：「先生，我能為您做些什麼？」

「是的。兩張飛往紐約的機票，最好馬上就走。」彼得明知沒什麼希望，仍然心存僥倖。

「對不起，先生。今晚沒有飛往紐約的飛機，明天早上有一班。請問您需要嗎？」

「不行。我今晚一定要飛回美國，隨便哪個航班都行。」

「對不起，先生 ── 」

「對不起？我不需要你說對不起，立刻給我兩張到紐約飛機票。」

「對不起，先生，飛往紐約的末班飛機，已經飛走了，你可以去東京試試看。」

「他媽的，」彼得罵了一聲，無奈地嘆了口氣說：「算了，給

我明天的機票，越早越好。」

　　彼得抵達紐約的時候，天上大雪紛飛。街上潔白無瑕的積雪，經過路人的踩踏，地上黑漆漆的，已然一片殘雪泥濘。他慶幸飛機沒有誤點，出得機場，匆匆地和太太吻別，坐上計程車直奔辦公室。

第 39 章

第 40 章

　　馬特奧・魯索坐在書房裡，閱讀著加來道雄的《平行時空》一書，等待貝爾・羅斯的到來。羅斯是他安插在「梅森投資集團」的「眼睛」和「耳朵」，彼得的一舉一動，自然逃不過他的監視。

　　昨晚上，他獲知一個壞消息。那個在「前時空」和彼得瓦・拉赫相對應的人 —— 戴維・沃勒克，28 年前因為涉嫌操縱股市、內幕交易和挪用公款，嚴重擾亂了全球金融市場。戴維在當年的 2 月 1 日被聯邦檢察官起訴，最終判刑 50 年，關在了北卡羅萊納州的巴特聯邦監獄。

　　而「前時空」發生的事情，也會重複出現在他所生活的時空。也就是說，28 年前發生在「前時空」的股市操縱事件，對應到現如今，就是當下的股市風波。眼下的市場走向，並未像彼得・沃勒克承諾的那樣，使他獲得利益最大化。他需要證據證明，彼得・沃勒克在耍鬼把戲、玩心眼，獲得他自己的利益最大化。

　　今天已經是 1 月 30 日，留給他做決策的時間不多了，每一個決策都將承擔後果，正面的或反面的。他這次所做的決策，關乎集團未來的發展方向和盛衰成敗。因此貝爾・羅斯帶來的訊息，對於他即將做出的決策，就顯得相當重要了。當然他還

要從亨利‧加德納那裡，得到相應的印證，做出最後的決定。

「教父，貝爾來了，您可以見他了嗎？」書房外，弗朗西斯敲著門問道。

「進來吧。」

弗朗西斯推開書房門，讓貝爾‧羅斯進了屋，在門口站了約 3 秒，便識趣地走出書房。他不停地抬腕看錶，在長廊上徘徊，然後不耐煩地掏出手機，按下一個電話號碼，輕聲問道：「亨利，教父就等你了，他可不喜歡遲到。」

「我已經到了，對不起，路上塞車。」亨利‧加德納眉頭緊鎖，收起手機，匆匆來到書房的長廊，見了弗蘭西斯，再次抱歉道：「對不起，耽誤了教父的時間。」

「行了，你快進去吧。」弗朗西斯說著，推開書房的門，向馬特奧通報說：「教父，亨利來了。」然後示意亨利‧加德納進書房。他自己則退出房間，關上房門。

亨利‧加德納踏進書房後，兩眼一掃，見房間裡除了馬特奧，還有一個他從未見過的人。他徑直走向馬特奧，省略了寒暄直奔主題：「教父，我有要事相告。」

馬特奧也不為他們互相作介紹，只是急切地問：「亨利，你有什麼新訊息？那個『前時空』對應我的人，你找到了嗎？」

亨利‧加德納遲疑了一下，點點頭。

「嗯……你不用避諱，你們把手機關了，我有重要的事情商量。」馬特奧示意亨利坐下，見他們關了手機，便問道：「亨利，

你告訴我，那個對應我的人，在『前時空』幹什麼？」

亨利‧加德納看著馬特奧，欲言又止，但面對直視他的一雙犀利的眼睛，鼓足勇氣地說道：「教父，恕我直言，『前時空』那個對應你的人，名字叫洛倫佐‧魯索，他涉嫌殺人、股票內幕交易和妨礙司法公正，被聯邦檢察官起訴，審判結果判為無期徒刑，關在北卡羅萊納州的巴特聯邦監獄。」

馬特奧聽了一怔，表情略顯尷尬。他摸了摸自己的鼻頭，皮笑肉不笑地說道：「我們和『前時空』相差 28 年，是吧？你昨天告訴我，戴維‧沃勒克被判監禁 50 年，今天洛倫茲‧魯索又被判無期徒刑。這到底是怎麼回事？」

亨利‧加德納立刻解釋說：「教父，根據『前時空』傳來的訊息，事情壞在了一個人的手裡。他的名字叫詹姆斯‧李，『梅森集團』的首席交易員、戴維‧沃勒克的得意助手。28 年前，此人駭客了洛倫佐和戴維的電腦，竊取了他們的機密資料。對應到當下的時空，此人就是史蒂夫‧李、彼得‧沃勒克的得意助手，他是一連串事件的告密者。」

馬特奧聽了，臉色相當難看。他看著貝爾‧羅斯說：「羅斯，這和你剛才報告的情況，驚人的一致啊！這樣看來，彼得並沒有背叛我，是史蒂夫這個狗崽子在搞鬼。」

羅斯站在一旁，著急地問了一句：「教父，我們怎麼辦？」

馬特奧暗自思量著：如果不採取行動，我的下場會像「前時空」的洛倫佐一樣，在監獄中度過餘生。他自忖，玩命奮鬥了

30 多年，踏著眾多同仁的鮮血，終於實現他父親的遺願，坐上了集團的第一把交椅，要是就這麼倒下去，豈不是太冤枉了？

想到此，馬特奧的兩眼放出凶光，聽見羅斯的發問，惡狠狠地說道：「我要綁架詹姆斯，逼他交出我們的絕密資料，整理出一條時間線。」

「誰的時間線？你的時間線嗎？」亨利急切地問道。

馬特奧的目光盯著亨利，狡黠地笑道：「不，我需要『前時空』股市操縱的時間線。這根時間線，只有詹姆斯知道得清清楚楚，他記得在哪一個時間節點上，發生了什麼事情。」

「等等。按『前時空』的時間來計算，這都過去 28 年了，詹姆斯能記得嗎？」亨利‧加德納不相信地問道。

馬特奧看著亨利‧加納德，詭祕地笑道：「哦，你還不知道。羅斯是我安插在彼得身邊的眼線，史蒂夫擁有超記憶能力。他記得自己經手的每一筆交易，任何一天螢幕上滾動的電子報價表，包括在道指、納指所有上市公司的代碼……『前時空』的詹姆斯當然也記得了。這一點，羅斯知道得很清楚。」

亨利‧加德納吃驚地問道：「他是患上超憶症了吧？」他知道，超憶症是一種極為罕見的醫學異象，病患的大腦擁有自動記憶系統，能絲毫不落地記住所有經歷的事情，對數字和時間尤其敏感，美國只有兩個人擁有此能力。

馬特奧聽了亨利‧加德納這樣問，用不屑的語氣說道：「我管它什麼症狀。我要改變我的命運，我不能等死。」

「乾脆，我帶人去幹掉史蒂夫，一切全都解決了。」羅斯在一旁聽得不耐煩了，上前一步請示馬特奧。

「等等，這可不行。」亨利‧加德納急得跳了起來。他不安地來回走動著，然後放慢語速，一字一句地解釋說：「殺了史蒂夫，時間線就完全顛倒了。你們想，我們和『前時空』同時運轉著。現在『前時空』的詹姆斯還活著，怎麼能幹掉史蒂夫呢？教父，如果我們一意孤行，你、我和集團的命運，甚至⋯⋯天知道會變成什麼樣。」

馬特奧瞪大了眼睛，露出凶殘的目光，就像餓狼吃人一般。他沒料到這次的決策，非但關乎集團的未來發展，還直接影響到他個人的安危。想他為了集團的利益，過去 30 多年來，做出了那麼多重要的部署，使企業慢慢地走上正途。當然，為此他犧牲了一些好兄弟，做掉了幾個牽扯進來的人，付出了相應的代價。可是說到底，他違反不平等的法律條約，賺錢來發展科技事業，還不是為了全人類的福祉嗎？他媽的，法律算個屁呀？他父親就是被狗屁法律害慘的，死在監獄。法律，是 1% 的所謂菁英制定，並且為他們服務的。想為自己謀得權益，就必須爬到菁英階層親自制定一部符合他的利益的法律。他也就不需要花大錢，去買通參議員、警察和法官，頻頻違背狗屁法律了。他不相信，他即將跌倒在這場股災裡。他也不甘心被權貴捉弄。幸好，他及時發現了「前時空」，可以改變自己的命運，甚至改變全世界。

想到此，馬特奧吩咐貝爾·羅斯：「你迅速啟動我們的『沉默力量』。那些平日裡吃我的、喝我的、用我的傢伙們，通通給我調動起來。你聽明白了嗎？」

貝爾·羅斯立刻回答：「明白。」

馬特奧掉頭對亨利·加德納說：「我不能栽在陰溝裡。他媽的，最後誰能贏得戰爭，還是未知數呢。你趕快聯絡喬治·加德納，那個『前時空』和你對應的人，讓他給我綁架詹姆斯，馬上行動。」

喬治·加德納是「前時空」對應亨利·加德納的人。當他從喬治·加德納那裡獲知，詹姆斯·李是告密者的時候，便聯絡喬治暗中派多利·羅斯，查找和跟蹤詹姆斯的行蹤，希望做好兩手應對措施，對組織只有好處沒壞處。

他慶幸自己有遠見。

現在，他聽了馬特奧的吩咐，馬上匯報說：「教父，您放心，我已經安排妥當，會有一個滿意的結果。」

他們正密談得興起。馬特奧剛想交代怎麼處理彼得，書房的門突然被重重地推開，二十來個人硬闖進來，其中包括了十幾名警察。弗朗西斯一邊阻擋著他們，一邊歇斯底里地叫道：「喂，他媽的，董事長在開會，你們不能進去……喂——」

馬特奧朝門口看過去，只見來勢洶洶的一群人，他們西裝革履神情嚴肅，手裡拿著大紙箱。他的一幫弟兄堵在門口，不讓他們進來。他看這陣勢，硬頂是不行的，便朝手下的弟兄冷笑道：

「哼，你們幹什麼？都給我滾一邊去。他們能把我怎麼樣？」

馬特奧話音剛落，弟兄們迅速讓出一條道，讓辦案人員走進書房。

林健第一個走進書房，兩眼直視馬特奧，聲音洪亮地宣布：「我們是紐約地檢處的辦案員。馬特奧‧魯索，你涉嫌內幕交易、敲詐勒索，現在逮捕你。你有權保持沉默。如果你開口說話，那麼你所說的每一句話，都將作為承堂證供。你有權請律師……」

林健唸著米蘭達警告，腦海裡呈現的，卻是那天下午，他與蘭斯對話的情形。當時，他做了兩個小時的案前準備，叫了中餐外賣，坐在辦公桌上吃著。

蘭斯走到他身旁，用手抓起一個水餃就往嘴裡送，一邊嚼著，一邊問道：「林，我們以什麼罪名起訴他？馬特奧‧魯索。」

他夾起一顆水餃，蘸了一點醋笑道：「這不明擺著嘛，就以內幕交易起訴馬特奧‧魯索，我們蒐集的證據確鑿。」

在紐約司法管轄區內，「內幕交易」不僅限於涉及非法內幕交易的公司高管和主要股東，任何利用重大非公開訊息交易股份的個人，也包含在其中。如果公司內部人員向「朋友」透露了，關於對公司股價產生影響的非公開訊息，「朋友」依據這些訊息進行股票交易，便違背了對公司的責任，是板上釘釘的內幕交易。

但蘭斯聽完他的話，搖了搖頭表示反對：「不行。內幕交易

走程序時間太長，你想辦法給加他一項罪名。嗯，再加一項敲詐勒索罪，得迅速拿掉這個社會毒瘤。」

他有些不解了。他也是在跟蹤調查彼得·馬拉赫的時候，發現這起股票操縱案與馬特奧·魯索犯罪家族有關聯。他們一個做多紐約銀行，一個做空紐約銀行，涉及的股份多達 50%，其中詹森製藥的控股權高達 30%。蘭斯死咬著馬特奧·魯索不放，卻放過了詹森製藥，這讓他有些不能理解，便問道：「敲詐勒索罪？指控馬特奧·魯索？」

蘭斯拿起外賣盒子，裡頭剩下的餃子不多了，他一個個地往嘴裡送著餃子，直到盒子裡空空如也。他把外賣盒子朝桌上一扔，詭異地笑道：「我坦白告訴你，年輕人。當你歷經 20 年的檢察生涯，你會有一個非要起訴的案子，發瘋般地想要起訴成功。我平生最想辦的案子，就是起訴魯索犯罪家族，盡早挖掉這顆社會毒瘤。」

「難不成你想採用——」

他還尚未說完，蘭斯便接著說：「對，打擊長期犯罪組織的最有力工具，就是 RICO 法案（Racketeer Influenced and Corrupt Organizations Act）。魯索家族長期以來利用法律漏洞，在各種腐敗勢力的掩護下，假借企業的外殼改頭換面，犯下了滔天大罪。可惜全都因為證據不足，無法起訴他。這次正好一石二鳥，既能幹掉彼得·沃勒克，又能搗毀馬特奧·魯索。他們之間的生意往來，絕不是你想像的那麼簡單。你也看到了，匿

名寄來的閃存盤裡，羅列了他們這麼多犯罪事實，殺人滅口，一一調查尋找證據太費時間。我們先用敲詐勒索定他的罪，速戰速決，免得與他的律師糾纏不清。」

他陷入了沉思。

蘭斯以為他沒有理會其中的奧祕，一屁股坐到辦公桌上，拿起他整理的文案，一邊翻看，一邊說：「林，你知道嗎？贏得遊戲的祕訣，是考驗等待機會的耐心。我們只要證明 10 年內，馬特奧敲詐勒索過他人兩次，就可以指控他犯有敲詐勒索罪，每敲詐一次被判 20 年監禁，敲詐兩次就是 40 年監禁，並剝奪全部敲詐勒索獲得的收益。」

他當然知道這些情況。當檢察官決定根據 RICO 法案起訴魯索犯罪家族，甚至可以尋求預審限制令或禁令，暫時扣押他的資產，防止轉移可能被盜的財產，並要求馬特奧提交履約保證金。因為與黑手黨有關的空殼公司老闆，經常捲款潛逃，禁令或履約保證金能夠確保對馬特奧做出有罪判決時，還有資產可作抵押。

不過他很擔心，儘管 RICO 法案相關指控在法庭上很容易被證明，因為它側重於行為模式而不是犯罪行為。但是在許多情況下，根據 RICO 法案起訴也會給他們帶來威脅，可能迫使馬特奧‧魯索承認比較輕的指控，部分原因是扣押資產會使支付辯護律師費變得困難。這樣一來，蘭斯想重判馬特奧‧魯索實現速戰速決的策略，就會增加難度。

　　蘭斯似乎看出了他的疑慮，又詭異地笑道：「所以呢，他的犯罪活動模式就變得相當重要，一種犯罪模式是不夠的，至少必須表現出兩種犯罪模式，以及相同的受害者。真是天隨人願。馬特奧・魯索參與股票操縱詐騙，受害者是普通民眾。他犯下的另一種罪行，就是敲詐勒索，受害者也是普通民眾——」

　　他頓時恍然大悟。魯索犯罪家族所控制的產業，偽裝成企業擺得上臺面的業務，主要是建築、服裝和垃圾運輸產業。他們在這些產業內，暗地裡透過收取保護費和會費，來支配勒索錢財。當魯索家族壟斷這些產業時，從公園大道 400 號——一幢能俯瞰整個中央公園的摩天住宅大樓，每年託運垃圾造成業主損失 150 萬美元，相比之下，如果業主們尋求競爭性投標的話，每年需要支付他們 15 萬美元，敲詐勒索罪是鐵打實的。

　　因此，他未等蘭斯把話說完，便連忙搶先說：「蘭斯，我明白了。你放心吧，我一定會在訴訟時效內，把馬特奧・魯索捉拿歸案。」

　　今天，他終於手持法官簽署的搜查證和逮捕證，面對馬特奧・魯索唸完米蘭達警告。

　　他的話音剛落，一名同事「喀嚓」給馬特奧戴上手銬，其餘的人不管三七二十一地動手查封電腦，把書房抽屜和櫥櫃翻了個底朝天，所有文件資料全都放進紙箱內，一箱一箱被搬到庭院門口。

　　院子內外擠滿了人，烏壓壓的一大片，他們大多是馬特奧

的手下，他們的臉上滿是憤怒，充滿了殺氣。馬特奧的家人們夾雜在他們中間，臉上滿是震驚之色，小孩子們「嗚嗚」地都哭成了淚人，女人們罵罵咧咧不停地哄孩子。辦案員絲毫不為所動，他們把紙箱搬上院門外的 5 輛汽車上，那是紐約地檢處開來的 SUV。

貝爾·羅斯溜出書房，跌跌撞撞走到院子，見了這番混亂的場景，立刻掏出手機。他一邊撥號，一邊低聲說道：「彼得，快跑，這裡出大事了。」

電話那頭，彼得聲音沙啞，有些絕望地說：「貝爾，來不及了，這群窮酸混蛋，穿著乞丐一樣的西服，他們已經來了。你趕快去找邁克，我想回家，越快越好。請跟南希說一聲我沒事，拜託了。」

羅斯屏住呼吸，喃喃地回答說：「嗯，好的。」然而，同時聽見那邊辦案員的嘲諷：「好吧，彼得，帶上你的律師團隊。我倒要看看，他們怎樣為你開脫罪名？走吧，別磨蹭了！」

羅斯深深地吐了一口氣。一夜間，他為之效忠的兩個老闆，全被刑事拘留，此時還真有些失了方寸。好在他已獲得教父的指示，盡快通知大律師邁克·傑弗森來保釋他們，後續事宜自然會有辦法解決的。

這樣一想，羅斯繞開混亂的院子，從後門溜走了。

在馬特奧·魯索的書房裡，亨利·加德納親眼目睹教父被帶走，震驚之餘，臉色變得凝重起來。

　　他丟下手忙腳亂的弗朗西斯，快步走出書房，不一會兒，便來到大街上。他穿過馬路，確定四周沒有人，掏出手機撥了個號碼，然後壓低聲音說：「丹尼，情況突變。」

　　「怎麼了？」

　　「馬特奧・魯索被帶走了。」

　　「你打算怎麼辦？」

　　亨利的聲音壓得更低了：「Tail Survival（斷尾求生）！馬特奧已經暴露身分，史蒂夫盜走了他的祕密資料，現在保證組織不受損失的唯一辦法，殺了『前時空』的洛倫佐・魯索，把他的意識穿越過去。我們不用擔心史蒂夫，此人有超人的記憶力，價值太大了，只要控制了徐麗麗，他就跑不了。」

　　「你想讓馬特奧人間蒸發？」

　　「沒錯。這樣史蒂夫盜走的祕密，就沒有價值了。而且我們的時空穿越試驗，需要一個實驗對象，馬特奧是最合適的人選，他絕不會洩露組織祕密。徐麗麗的父母是怎麼死的，一定不能洩露出去。馬特奧被盯上了，在這裡也就失去利用價值。人一旦沒有利用價值，就該丟棄。」

　　亨利說完收起手機，從口袋裡掏出鑰匙一揮，「嘟」的一聲，路邊的奔馳車門開了。他一屁股坐進駕座，啟動馬達，車子隨之飛馳一般，向著高速公路的方向行駛。

尾聲

紐約州最高法院，坐落在曼哈頓下城的中央大道 60 號，高而寬廣的臺階直抵法院正門，大型的科林斯式廊柱撐起一面三角形山牆，上面刻有眾多的花崗岩浮雕，其中三座雕像是法律、真理和公平，一條帶狀楣上刻著一句話：正義的司法管理是運行良好的政府最堅定的支柱。

紐約州最高法院擁有無限的民事和刑事管轄權，在兩個重要方面幾乎與所有其它州完全不同。它既是一個初審法院，又是一個上訴法院，管轄著全紐約州的大法庭。

馬特奧·魯索聘請的律師團隊，與蘭斯和法官經過討價還價，支付了巨額的保釋金，最終獲得庭外候審。

馬特奧跨著大步走出法庭，也不理會跟在後面的律師，心裡正暗自得意呢。一輛汽車疾馳而來，戛然停在中央大道的路邊。待馬特奧靠近後，車門「啪」地一聲打開，下來兩個彪形大漢，一左一右把他塞進車後座，車門一關，一溜煙地飛馳而去，最終淹沒於喧囂和嘈雜聲中，沒了蹤影。

人啊，即使爬上了喜馬拉雅山頂，墜落也是一瞬間的事情！

亨利·加德納哪裡知道，由於徐麗麗無意中洩露天機，破壞了她這個時空的正常運行，一條斷裂的時間線，一個不同的

決定，不管是大是小，一個接著一個的時刻、一個接著一個的選擇，由於沒有交集，所有相關的事情都將變得不同：

徐麗麗遭遇意外的時間提前了；史蒂夫和詹姆斯被人跟蹤，前後相差 40 天；徐長江設在「烙鐵大廈」的實驗室，已經祕密地轉移到紐約大學地下室，而不是哥倫比亞大學。顯而易見的，馬特奧·魯索的命運與「前時空」的洛倫佐·魯索，也存在著天大的差異……

而知曉這一祕密的徐黃河、埃倫、史蒂夫，以及徐長江、吉姆、詹姆斯和徐麗麗，此時全都聚集在紐約大學地下室，透過大螢幕商議拯救徐麗麗的新方案。

徐長江心裡非常清楚，即使史蒂夫和詹姆斯記憶力超群，但要找出「後時空」變化的差異，再整理出一條新的時間線，已經不可能了，同時，徐麗麗在「前時空」剩下的時間已經不多了。

幸好，埃倫找到了解決問題的方案，只是必須得到當事人的同意。因為實驗證明了，他們可以採用「全息傳真」的方法複製訊息，來挽救徐麗麗的生命。

在兩個不同的時空中，安裝一套多維全息傳真機，在徐黃河的實驗室裡，用傳真機將徐麗麗全身掃描一遍，以此獲得全部訊息，包括組成她身體的每一顆粒子的每一個形態，包括腦神經儲存的全部訊息，然後再將這些訊息轉換成可以跨時空交流的編碼 —— 已經破譯了暗物質、暗能量的編碼傳真過去。

而「前時空」的傳真機在接受了這些粒子後，會按照編碼把徐麗麗拼接出來，這就意味著徐麗麗躺在實驗室的本體，在傳送過程中會死亡。因為她身體的訊息內容已經出現在「前時空」，這樣訊息在傳送後不會生成兩份完全相同的「文件」，這是人類歷史上第一次大膽的實驗設想。

　　徐長江想到此，望了一眼身旁的徐麗麗，然後看著螢幕上的徐黃河說：「徐麗麗可以永遠留在『前時空』，不過風險巨大，不知道你們是否會同意？」

　　徐黃河毫不猶豫地說道：「只要麗麗能擺脫危險，任何方法都值得試一試。你說呢，麗麗？」

　　徐麗麗用依戀的眼神望著詹姆斯，又不捨地看著螢幕上的史蒂夫，嘆了口氣，說：「我同意。」

　　徐長江和埃倫相視一笑，釋然了……

電子書購買

國家圖書館出版品預行編目資料

超時空拯救 / 雪城小玲，陳思進 著 . -- 第一版 .
-- 臺北市：崧燁文化事業有限公司 , 2023.08
　面；　公分
POD 版
ISBN 978-626-357-518-9(平裝)
857.7　　112011038

超時空拯救

臉書

作　　　者：雪城小玲，陳思進
發 行 人：黃振庭
出 版 者：崧燁文化事業有限公司
發 行 者：崧燁文化事業有限公司
E - m a i l：sonbookservice@gmail.com
粉 絲 頁：https://www.facebook.com/sonbookss/
網　　　址：https://sonbook.net/
地　　　址：台北市中正區重慶南路一段六十一號八樓 815 室
Rm. 815, 8F., No.61, Sec. 1, Chongqing S. Rd., Zhongzheng Dist., Taipei City 100, Taiwan
電　　　話：(02)2370-3310　　　傳　　　真：(02) 2388-1990
印　　　刷：京峯數位服務有限公司
律師顧問：廣華律師事務所 張珮琦律師

定　　　價：350 元
發行日期：2023 年 08 月第一版
◎本書以 POD 印製
Design Assets from Freepik.com